东子绘本

中国青年出版社

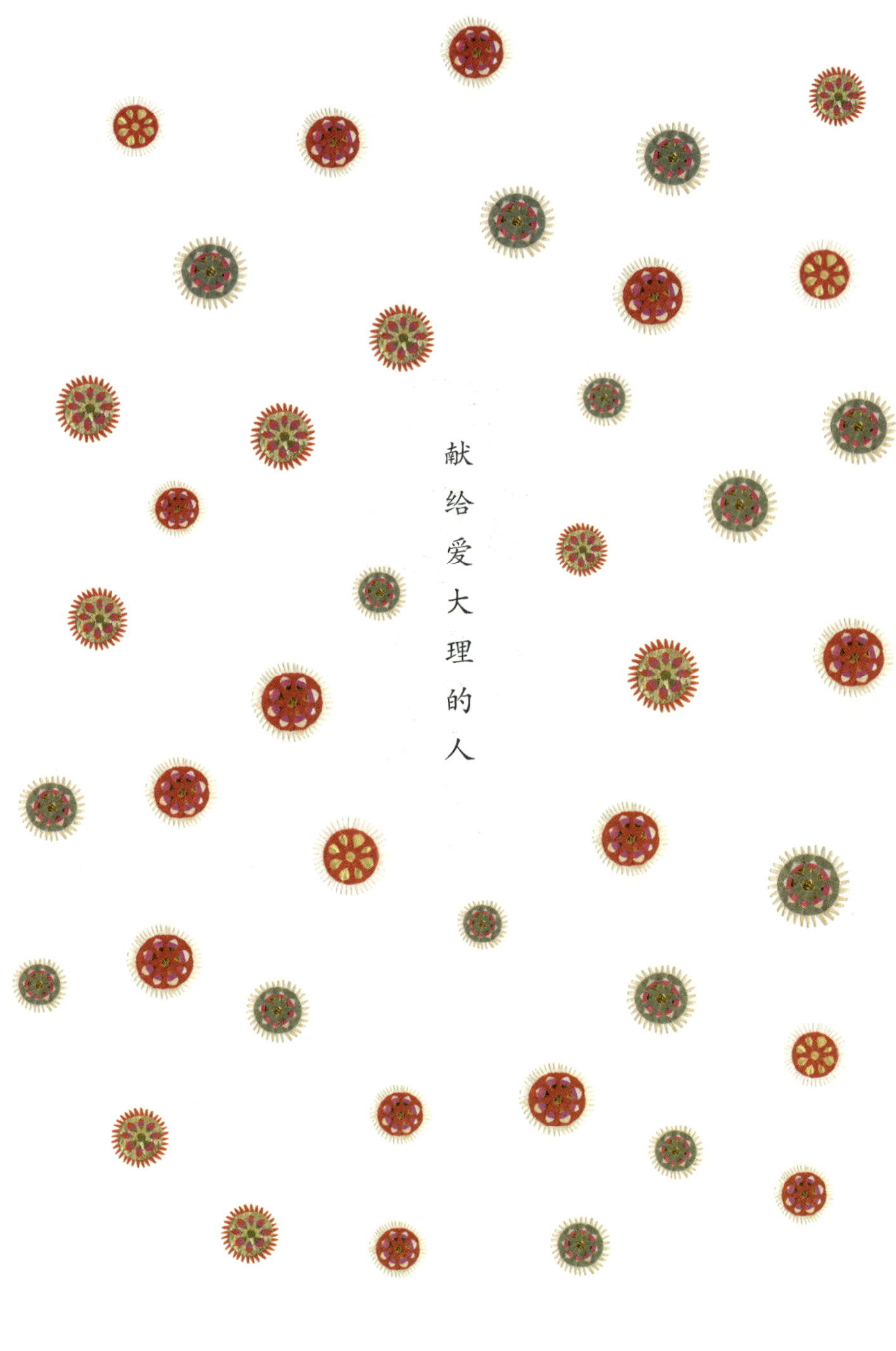

献给爱大理的人

下一个坐火车来大理的是谁

重温大理梦

桌子在这里

前言

大理，不随顺任何人，也不怕被任何事儿损减，因为这里曾是一个国。来这里生活的人都怀着对她深深的爱，三百六十度地打开自己的心灵之眼，欣赏这里的山青水蓝星空月圆。这里适合植物生长，也适合人长成植物。

大理，每次来都是新的，每次来又都是旧的，我们用双眼怎么能看透这个如此之丰富的地方呢，只有了解到自己的无限处才能领会整个世界的含义，旅行就是给自己一个机会与内藏的真神相会。感觉大理的生活就像一大罐蜜，只有变成一只蝴蝶时才能感受整个田野里都散发出花朵的芳香，只有变成一只小蜜蜂时，才能吸到日子里的甜丝。

我的眼睛里看到的都是朴素，我的心就像一个小篮子装满了在大理生活体验后的松塔。

在大理醒来
我开始
作梦

目录

26 三月

我的花园

27 三月

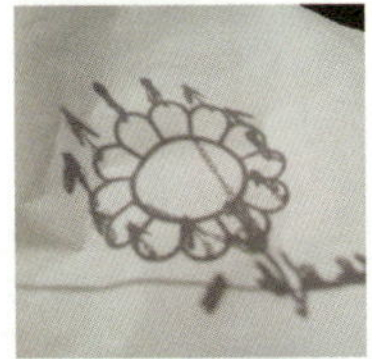

接近正午的图案

此一生彼一世

做了一个能记住的梦

28 三月

屋内有人看书

偶尔遇到

我们像候鸟一样飞回大理

我们每年都会飞回大理生活一段时间。有人问最喜欢大理哪？我会说风情岛。大理还有岛吗？在洱海上有好几座小岛，金梭银梭岛、小普陀岛还有南昭风情岛。第一次上岛就喜欢上了这里的海景房间，住了几日才散步到本园，发现了岛上的别有洞天。这个被画家赵青遗下的院落让人流连忘返，我一次次回来，几乎住遍了这里的每张床每一个房间。从山洞里摆了一张床的野穴到整夜都往耳朵里灌满海浪声的听涛房，从一大排大通铺到半山坡的林中小屋，都留下了我们的梦。沙滩上躺下来，看一闪一闪的卫星从星空下穿过，耐心地在银河下等待一颗能许愿的流星。山影从浅蓝渐变成深蓝，紫色是黄昏

南诏风情岛是梦开始的地方，当黄昏时在本
主广场看晚霞时，会觉得这里是远离人间
只属于你一个人的岛，夜晚坐在黑里的沙滩上
仰望星空时，会有流星划过天际等你许愿，
我们把秘密都藏在了岛上。本园老杨18636439822
这儿有各种各样的房间我们都
喜欢树上的树屋
有大通铺可以前滚

的贡献，云朵在每一秒钟变幻，洱海的水也由绿或蓝再溶入到夜晚。本主的广场中央有个神奇的秘密，站在那个八边形的图案里拍手或者唱歌，都有一种声音被放大了的效果，在这许愿的话，能被天上的神仙们听到。

我们日复一日地住在这里，简直就想变成这里的一棵树。每天早晨都是被众鸟的叫声唤醒，长年工作在这里的老杨和他的夫人勤快地一刻不停地打扫卫生，清理落叶，去集市上背回蔬菜，去码头上接送客人，他们已经在岛上生活十几年了，只是抽空才坐船回上关花下面的小村庄。有一次随他夫人一起回他们的村子里玩，半天工夫她带我去参加了一个婚礼一个葬礼还带我去看怎么做白酒。

以前岛上的石头上还有两只白鹭，这次来白鹭不见了，草丛间惊见一只大白兔在任意地吃草或干叶。阳光晒在撑开的白布伞上，剪纸一样的草叶图案映在上面，看一本书或者画两笔画吃一顿饭喝一壶茶，岛上的一切都尽在美好二字里面。高大的白玉观音永远等着帮你满愿，龙嘴里流出的清泉一直流到你的心田，盛开的玉兰在朝阳里盛满阳光，这个岛啊，每当我一个人散步时我会恍惚地觉得她是我一个人的岛！因为旅行的人脚步太过匆匆，很少有人停下来留到夜幕拉开静听老杨拉的三弦。在大理的星空下刷牙都是人间的美妙，还有什么事什么理由阻止我们飞回大理，在岛上停留！

住在书店的楼上无比幸福

在大理前前后后租过好多地方住，当我们住在人民路下段书呆子楼上时，每天早晨骑着借的摩托车送孩子去大理一小上学时，我知道大理的生活又开始了。

每次来大理都有住下来的冲动，买个菜篮子，买把老奶奶卖的花，就觉得人生已经很满足。住一段时间又会因为各种理由离开，要办展览要做陶要挣钱就把刚装修布置好的家关了门，离开了。这次又是什么都不想的来了，就不走了。大理是个没有理由离开的地方，租房子的房租是比前几年涨了不知多少倍，但我们可以住小房间啊！大院子都住够了，要多少精力去打理啊，每天我都觉得自己就是不花钱的小时工一样在家里干活。现在住在书店楼上的一间房子里有说不完的好处和幸福，可以每天看到那么多书摆在那就让我这个爱书人感到欣慰了。书店像个由每片不同叶子组成的大树，我们像鸟一

海豚阿德书店养了一只叫袜套的黑猫，书呆子养了一只叫拉拉的白猫。

样把家安在树冠。每天放学回来的孩子都去书店翻看书，我也把喜欢的书买上楼来慢慢看。花园不大，还是能满足我种花的愿望，买了竹子绣球薰衣草金银藤草莓都种下了；周城买的蓝花布把别人不要的二手桌子铺成了我爱的生活。快递的油画颜色和画布到了的时候，我开始画画挂在墙上和微信里。孩子的伙伴有一天玩得太晚就住下了，才发现屋子是小了点，他把油画颜色弄到了睡袋上！一抬脚把煮中药的锅也打烂了汤汤水水幸好都倒扣在盆里！马上关灯睡觉，谁又会在乎这些呢，这里是大理，我们喜爱的地方，有星空闪耀的地方一切安好。

人民路上好儿童

大理，以前是洋人街有名，现在是人民路最旺。好多爱玩的人都因为在这里找到了同伴并发现人民路可生存就留下一段时间，卖掉旅行时买的纪念品或者干脆进点货就开始了在路上的补给生活。摆摊的日子是有趣的，可以认识朋友，可以结伴去没去过的地方。好多人都像行为艺术家，出现在固定的地点，一边看书一边卖自己做的酸奶的，一边画明信片一边卖明信片的，每个人都会选一个喜欢的角落开始自己的露天时光。人民路上的人流动很大，有的卖得了钱就出发了！有的则留下来长居大理了。彬子就是我在人民路上认识的，他卖自己手缝的各种帆布包，风格简洁很多人都喜欢，他不在的时候是去大理学院踢球去了，各种包大方地摆了一地。

雨天也许还能看见有人穿蓑衣戴斗笠呢！朋友娜娜就买了这行头，我们都等着看往事在眼前回放。人民路上是可以怀旧的，那个有四只狗的流浪人也是这里的一部分，他睡在小菜市场的水泥地上，卖菜的还没来有学生上学时他就打点行装坐在人民路上了，听人说他以前有匹瘦马，带他去他想去的任何地方，后来马死了，他哭了好久，现在成了一个没有马只有狗的人。

生活在这一条街上就够了。这是一条飘香的街，可以一路吃下来，小吃摊一个接一个。卖烤玉米的西安来的玉米还没出摊，他打算把卖货的小车弄得再漂亮些；培安的现烤披萨车像个火车头，在药店门口就能遇见他，他做的面包松软好吃，车上还挂个布袋，里面放书，可以在这交换看过的书！每个人都用自己的方式表达对生活的理解，也用自己的方法与世界连接并奉献着，人民路是传奇的，每个人都是本可以读几页的好书。

人民路的夜晚是音乐的天下，从第一次展开歌喉的初练者到很有水准的牧羊人乐队到洱海门的欢庆演出现场，人民路上的每一天都像是在过永恒的"六一"儿童节也像是个伟大的艺术节。

早！金色的人民路。

你在人民路蹲哪段

汪勇最早卖的是黑胶唱片，他的第一单生意还是我帮他做的，把一箱子的黑胶唱片全卖给一个北京来的爷。那时我住人民路。

全长一千五百米的路上聚集了很多边旅行边生活的年轻人，

这条街上的面孔都是充满理想主义的光彩，每个人都准备把自己的生活再写满精彩。哪天我也会蹲在那卖点什么，也许就是《大理小事》这本书吧！白族诗人北海白天在田野里盖他的小木屋，黄昏时就走到“读诗吧”——也许是中国唯一一个专门卖诗集的书店的附近，卖他的诗集。书还没正式出版，“读诗吧”就变成了卖衣服的了。

织毛线帽子的老婆婆也许是人民路上最老的摊位吧，卖些自己做的小孩罩衫、钱包、鞋垫，顺便还有几盆小花草，她的手就没停过一直在织着。

配钥匙的窗口，有谁能配到一把打开自己心灵的钥匙？我的钥匙总丢所以常来。徐金林配钥匙点护国路二70号。他会微笑着说：又丢啦？大理人都象我的家里人一样让我感到亲切慈祥温暖。

大理学院的花开得是最早的，当北方还冰天雪地时这儿的辛夷先打开了通往春天的路，紧接着云南樱花树挂满了浓密的粉色花朵！这时人们见面的话题就问去看樱花了没？花开大小年，一年盛一年衰，过不久博爱路的樱花园酒吧门口的紫藤花也挂出来了！在大理观云赏花看书问泉会友寻仙。

大理学院的花开得是最早的，当北方还冰天雪地时这儿的辛夷先打开了通往春天的路，紧接着云南樱花树挂满浓密的粉色花朵！这时人们见面的话题就问去看樱花了没？花开大小年，一年盛一年衰，过不久，惜爱的樱花园酒吧门口的紫藤花也挂出来了！。在大理观云赏花看书，问泉会友寻仙。

桃溪谷

有一天，小杨告诉我桃溪谷特别好，去年我就听小满说过那儿有茶室。去到那里才知道，是一个真正的桃花源，桃花没落，却遇见了一树梨花。

徐龙带着家人和义工上上下下地忙着守候在这里。

桃花溪水浅半尺，也许是我们的衣服和碗都太多了，水越来越少了，只有盼望雨季的到来。

桃花溪水浅半尺，也许是
我们的衣服和碗都太多了
水越来越少了，只有盼望
雨季的到来。

桃溪水

莫催茶室

桃溪谷的莫催茶室，可以往下俯看大地、茶园和三塔，一只鸟飞走了留下的笼子，一排种在各色陶盆里的植物，几张曾经谁的画几本等闲人的书，山谷里传来巨大的响声，风带着能量出发了。

茶室在这里开了三年了，山上可以住。

桃溪谷的莫催茶室，可以往下附看大地，茶园和三塘，一只鸟飞走了留下的笼子，一排种在各色陶盆里的植物，几张曾经谁的画几本等闲人的书，山谷里传来巨大的响声，风带着能量出发了。

等你喝杯滇红

大理是铁打的营盘永远的云淡风不轻，我们都是她地界里流水的小兵，换了一年又一季的在这里和地里的青豆米一样生长又收获着。

第一次爱上滇红是在四季客栈，那时客栈还在博爱路上，门口写着斗大的“风花雪月”让我还以为这里就叫这名字。来大理的背包

客都会在这里住几天，院子里有很多植物藤蔓生长着，乒乓球桌前总能找到人一比输赢，晚上还能看场花园里放的电影，来这里的人每个脸上都仿佛写着“热爱”两个字！四季的后花园还是我慢慢发现的，很大啊！到处都是等着人坐下来藤制的沙发，走廊通向露台，到更高的地方离云更近的地方喝茶，喝的就是冲泡一下午都不会淡的红中透亮的滇红。看云等黄昏，时光慢慢，滋养着我们的灵魂，人就跟植物一样，时常得浇点水心就会更透亮，才能长得好些。多少年过去了，好多店都不在了，四季客栈也搬了家，远没有往昔的盛况，但我们还是追着去住了一段日子。人是喜欢怀旧的，当年在院子里踢毽子的几个老鸟还在门口踢毽子，乒乓球桌还在，但我已找不到玩的人了，但大理各个角落里我还是发现了很多等着人坐的寂寞的藤椅，等你来了，还是请你喝杯永远也喝不淡的滇红，看永远也望不厌的云。大理的云会讲故事，你发现了吗？

预言我们的生活：住在石头房子里，一切都发光，树、草和人类。

預言我们的生活：住在
石头房子里，一切都发光
树、草和人类

感恩有一百〇一年建校历史的大理一小，接收我女儿在这里上了二年级第二学期，我得以安心画画。

教育如同种花，每个孩子都是不同的品种，这样才能显现出人的自然。开小白花的小树叫六月雪，远处一小枝粉红花的叫佛坐莲，盘旋着心形叶子的是山乌龟，这种山中来的植物还是中药呢。

博爱路上的大菜市场里能买到很多让人流口水的东西：各种酱菜和辣椒酱、七甸油腐乳 、罗平产的菜籽油。弥勒产的红糖，山型、砖型、元宝型；建水产的陶罐，烤茶装茶叶。

上次从大理回北京就背了一大罐七甸油腐乳，觉得把大理的味道带回了北京。

对于会游泳但又没到能救人水平的我来说，去洱海里游泳是我的奢望，听安南讲起他们横渡洱海的壮举只有赞叹的份了，直到我发现云起客栈的泳池，一切都改变了。这里的水是洱海里的水过滤后的，映着云，蓝得和天空一个色度，苍山上从云洞里射下的光正找着褶皱里的精灵。此刻我们下水了，我的友没带泳衣就裙装直接跳下去了，把水里的云搅乱。三角梅艳丽地开着，水天一色，这里的风景

比希腊比世界上任何地方都美；静谧的湖蓝色的远山，扛着锄头回家的农人从路边走过。平静的主人，一切只为了爱水的人的到来，到这里游过泳的我们把心也给洗了。游泳都免费的，这就是天地大美融于心的慈悲吧。洱海里水草很多，下水还是有一定危险，夏天到了一定要注意安全。

行到云起时 坐看水镜天

环海西路不知什么时候修好了，在马久邑村沿着海边的路上发现了一大排特色度假酒店，有的还在建有的早就建好了。云起度假客栈就在路边，用一池印照着天空和白云的池水吸引着我们的到来。我总会选黄昏骑着我的叫"小毛驴"的电动车带着女儿从洱海门出发，走通往才村码头的路，经过路边正开着的象牙红树，看见有人在给路边种的蔷薇丛除草，再往前一点就是大理的田园风光，大家都在五月的天空下插秧，被扎起来一丛一丛的绿就是我们未来的稻米。田里灌满了水，水里有千万朵云的局部，插好的秧苗整齐地保持着间距。苍山已经开始变蓝，隐去了绿，云的色彩丰富起来，有几只白鹭在田里查看着，水塘边有人穿着防水皮裤在洗收割了的白根葱，整齐地捆好，村口有车来收。地里在天黑之前总是有人在弯腰劳作着，录音机里放出的白族调伴着挥锄头的人，田头那一丛草绿色的叶子和花看仔细了才知道是芹菜。葱地里有紫色的球花！美得让人想画画，转过几个弯，就挨近湖边了，水里的树影划船的人还有两处用渔网拴在树间吊床休闲处，有人躺在上面把自己当鱼晒在岸边，吊床竟是免费的呢！我们在上面躺会儿，大团大朵的云在湖面上照镜子，左看右望都是说不出的美，再往前的水里游着小野鸭，有时飞起有时落下，湖面的颜色由蓝绿转换成玫瑰和紫的色调，光在每一刹那玩着它的游戏，我们终于在美丽的黄昏到达了云起客栈的大厅与友喝茶。普

洱正浓，大玻璃窗外的云忽然模糊起来，那几个一直在花园里除草的青年正在用水龙头冲大玻璃窗！云在水和窗里变成了一幅正在画的油画，变换得美妙。你一定会来云起的，但不一定能赶上他们冲玻璃窗啊！门外花开得更好了，一只婚礼上被遗忘的粉色气球正在被女儿捡起，这里是一个让人有幸福感的地方，水上有云，云里有天，天上有光，光里有爱。大理云起洱海店 马久邑村 0872-2692666

在环洱海路骑自行车环海的大有人在，一百多公里的风景处处吸引人停下来，骑自行车的猛将用一天时间环湖还是很需要毅力的，我和思瑶搭伴试过徒步，半途而废叫友来救援，所以买双能走远路的好鞋很重要。路只有走过了才知道有多美。

在环洱海路骑自行车环海的大有人在，一百多公里的风景处处吸引人停下来，骑自行车的犹得用一天时间环湖，还是很需要毅力的，我和恩瑶搭伴试过徒步，半途而废叫友来救援，所以买双能走远路的好鞋很重要。路只有走过了才知道有多美。

环海西路边的下鸡邑村有一些临海小树林，上面拴了好多渔网做的吊床，周末的时候，人们就把自己当成鱼挂在上面晒，是个乘凉的好去处。吊床还是免费的！村民只卖些啤酒和小吃，可划船看湖面如镜映满云朵。

环海面路边的下鸡邑村有一些临海小树林，上面拴了好多渔网做吊床，周末的时候人们就把自己当成鱼挂在上面晒，是个乘凉的好去处。吊床还是免费的！村民只卖些啤酒和小吃，可划船看湖面如镜映满云朵。

大理服

到大理玩的人都会马上去服装小店买衣服裙子，换上飘逸的行头，气定神闲地走在人民路上，常住在这的人都会穿着在店里订制的汉服，没有扣子，一根带子在腰间，像民国亦如古代。

大理服，到大理玩的人都会马上去服装小店买衣服裙子，换上飘逸的行头，气定神闲地走在人民路上。常住在这的人都会穿着在店里订制的汉服，没有扣子，一根带子在腰间，像民国亦如古代。

黄昏看会儿稻田

放学了，带瑞贝卡和园园去游泳，回来路上去看田苗长高了多少。

疯狂的世界无路可逃。内地环境的恶劣，让越来越多的人逃到大理这块净土生活，使平静的生活彻底被改变了。到处是刺耳的装修声，有毒的油漆味，啤酒瓶摔碎在石板路，半夜了还有人在狂笑，宁静不复往日。每天都有人来，也都有人离开。

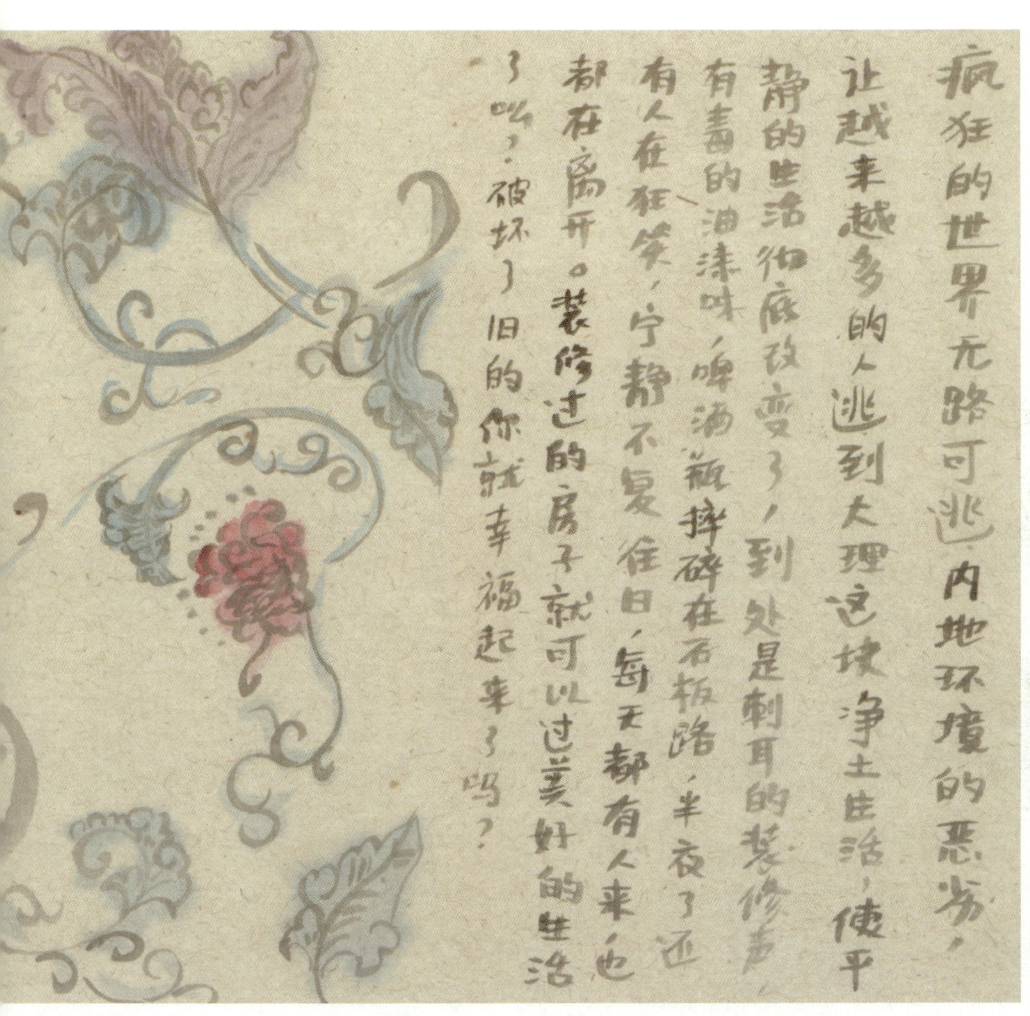

有时候被装修的噪音吵得心烦了也会发些牢骚，但大理一般情况下还是让人心情平静灵魂美好的。

“我们是从瑞士洛桑来的街头小丑艺术家安东尼和文森特。如果你喜欢我们的表演，欣赏我们带来的演出，请给我们些零钱，我们的旅行需要大家的帮助和支持！非常感谢！”

我正在金利咖啡画画，进来了第一次来中国第二天在大理的他俩，帮他们写了演出时的讨钱书，他俩欢天喜地出去找演出用的扩音器去了。

他们也是通灵的。一进咖啡馆就用法语给我说，他们需要有人帮忙写个牌子。因为他们要去街上演出，他们是街头表演艺术家，来自瑞士。我搞清楚了就给他们画了一张，过了几天，就在街上看到了他们精彩的演出，演出结束时他们就把这张纸拿出来给大家看。我很高兴，我的画还有这个用途，可以在街上讨钱。所以我又画了一张。就好像我的书被别人撕去了一页拿去有用了。你明白我的意思吧。

我们是从瑞士洛桑来的街头
小丑艺术家安东尼和文森特
如果你喜欢我们的表演
欣赏我们带来的演出，请给我们
些零钱，我们的旅行需要大家的
帮助和支持！非常感谢！
我遇到了第一次来中国第二天在大
理的他俩，帮他们写了讨钱书他俩欢天
喜地出去找演出用的扩音器去了。

大理的女人特别能干，在所有的工地上都能看到她们的身影，她们的背上背一个背垫或蓑衣，把沙、石、土装一大箩运走。

大理的女人

大理的女人特别能干，在所有的工地上都能看到她们的身影，她们的背上背一个背垫或蓑衣，把沙、石、土装一大箩运走。我每次看见她们干活都觉得我拿根笔劳动还是太幸福了，就赶紧快步回到桌子前画画。

雨季终于来了,是昨晚我们用所有会唱的歌求来的,是走的调把天扯开了一条裂缝,是我们的真情感动了龙王。

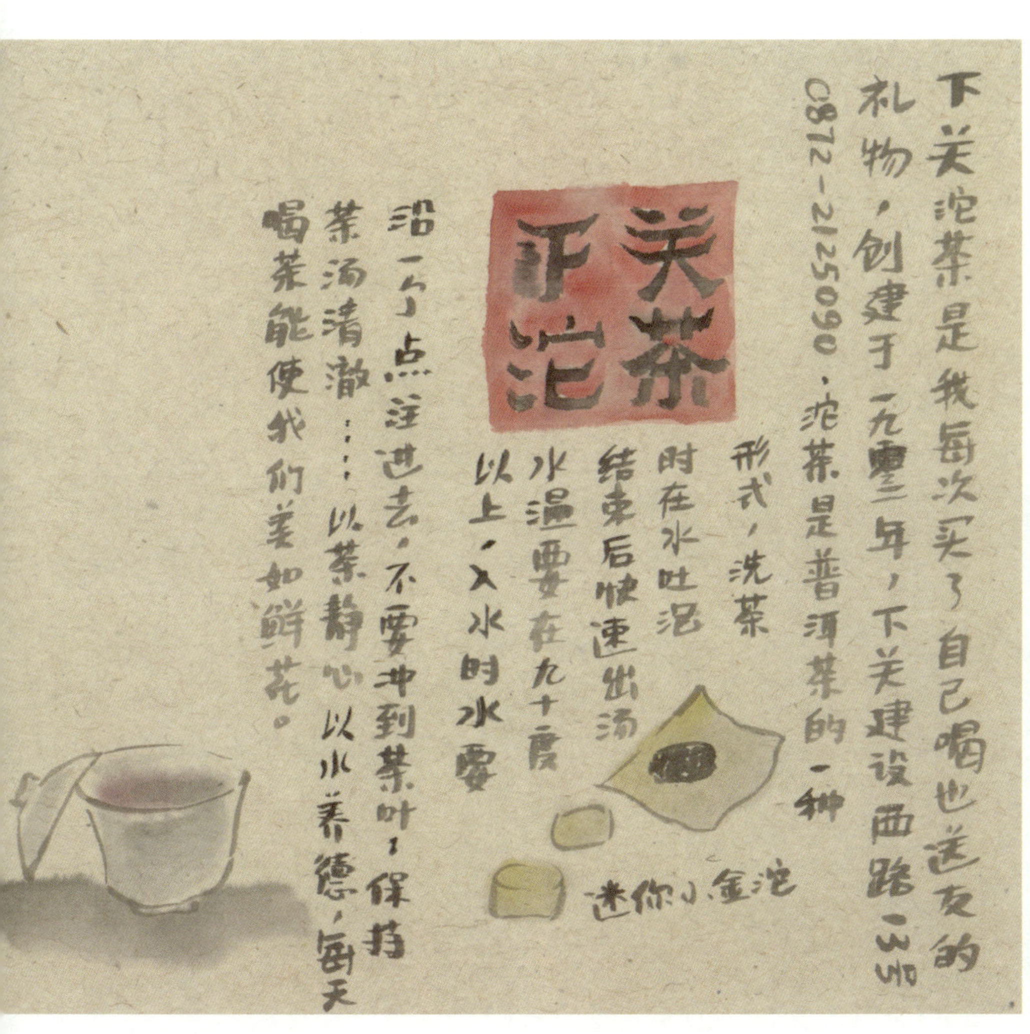

下关沱茶是我每次买了自己喝也送友的礼物。

蝴蝶放学了

蝴蝶泉

蝴蝶泉的秋千上面放了一些野生的蜂蜜给刚化出来的蝴蝶当食物,蝴蝶泉的理想就是恢复蝴蝶的生态环境让人们看见更多飞舞着的蝴蝶。负责养育蝴蝶的是两位先生,孩子们都叫他们蝴蝶爸爸。每年四月十五蝴蝶会,年轻人都来蝴蝶泉玩,有女朋友的就带上拍一张合影照片,没有朋友的就来找朋友,是年轻人的爱情会。

蝴蝶的秋千上面放了一些野生的蜂蜜给刚化出来的蝴蝶当食物，蝴蝶泉的理想就是恢复蝴蝶的生态环境让人们看见更多的飞舞着的蝴蝶，负责养育蝴蝶的是二位先生，孩子们都叫他们蝴蝶爸爸。每年四月十五蝴蝶会，年青人都来蝴蝶泉玩，有女朋友的就带上拍一张合影照片，没有朋友的就来找朋友，是年青人的爱情会。

在大理紫色的菜很多，苋菜、紫色的土豆、紫色的胡萝卜还有在别的地方吃不到的青蛙皮——是长在树上的一种苔类植物。海菜芋头是野生在洱海里的水生植物，还开白花呢。

象牙红是这棵树的名字

这里就像一部翻不完的百科全书，每一天都是一篇新的内容。从成都过来的珠子告诉我这种正开花的树叫象牙红，细看每个花瓣都如牙状。我俩相伴去喝茶，我带路走错了转了一个大圈才到，她跟在后面不紧不慢地来了句：弯路就是最捷径的路。没想到她还是个哲人呢！（珠子看我写的不对自己补了这句：所有的捷径都是弯路。）

花布棚的马车本来是各个村庄的交通工具，现在越来越少了，只能偶尔见到，洱海门有时会停着一辆，等游客和孩子们的。

爱玛的小花园

长得像南美人的爱玛，开着自己的服装小店，在花园里煮东西吃。我被她邀请坐在门口的垫子上，喝杯苦荞茶，有时来朋友，我们也会去旁边的坏猴子酒吧，买扎他们自己酿的黑啤。

女儿的衣服小了，给谁呢？

大理是个次第花开的地方，三角梅开的像半个山坡把一家人都藏在了里面，有粉红和桃红两种颜色。三角梅落的时候也很美，因为它的花瓣像纸一样，没有那么多水分，即使扫到垃圾堆里仍然是漂亮的，好多改名换姓的北京人在这游荡，那个化名伯爵的人就住在微笑客栈，每天从微笑里走出来去金利喝杯咖啡，去书呆子买本书。

谁之歌

词 / 朱鹰　曲 / 欢庆

谁的心在酒精中燃烧　谁的谜在星辰后哭泣
谁自信明日黄昏还早　谁梦到古时的微笑

甜蜜淳朴的心

大理的好都是可遇不可求的，将要睡觉的我看见朵朵发的微信里，欢庆在洱海门演出！我们赶紧出门，庆幸住在离门只有几百米的地方，一抬脚就到了。一身黑衣头发扎到头顶的欢庆在城墙斑驳的光影里已经开始了，看的人或席地一排或在花池子台边上坐一圈，小孩子们快乐地在附近跑来跑去。刚过完十五的月亮大而亮地从树的后面在人不察觉的时候照着这个伟大的场面。正像欢庆的歌词里唱的：**庄子走过人民路的时候整条街的人们没有察觉一样。**他唱的都是新录的唱片里的歌和曲。我很早就去他住的小院子里买过他作的乐器，很早就听过他的歌，但这次真的能感觉得到他的心如他的歌词一样——甜蜜淳朴！他的灵魂里的成熟后的甜美透过他的音乐像金黄的果实给予着在场的每一个人。有的人坐在他旁边的石凳上带着他的茶杯，有个只有一岁的孩子在他旁边撒尿了，一辆摩托车从乐曲中穿过了，这一切都构成了欢庆演出的现场，像部黑白电影，像给大地的一个吻，充满爱的能量。从《苍山问》里一阵风吹着一阵风，一棵草压着一棵草，苍山问这是为什么，到《船歌》，欢庆用他的方法制造了一条溪水带着大家去离湖心最近的地方。一天两天三天已经持续了好多天了！欢庆都出现在洱海门的城墙下，我们像参加盛宴般地前往着，心怀感激，觉得住在大理能听到欢庆的演出就是神对大家的奖励。欢庆的琴盒里不需要放钱，他需要的是对他的音乐的支持！请买他的光盘《琴歌》和《一块铜皮》如果不下雨他都会在那演出。

谁知道你在大理能遇到谁听到什么,他的好朋友杨一也会带着他的古琴弹拨吟唱,这可是场真正的演出！故事会露出她自己的微笑,在大理的星空下,音乐家欢庆带你飞回古代的中国花园,在那里有太老的天太小的人,在那里一条路送走一条路,一场雨接着一场雨,在那里一只猫在风中嗅着风的味道。请支持我们的音乐家,请来大理参加洱海门的欢庆音乐节！每晚九点左右。

在山水间的宰相府参加“从零开始”的艺术节开幕，适逢大理下午茶座谈会，认识了家住喜洲附近做羊毛毡的杨师傅，他还带来了给友们加工好的羊毛毡，一见就喜欢了！留了电话，直到端午节这天才机缘成熟从喜洲坐他的电动车去往他的村庄。金圭寺村离海舌公园很近，他带我们先去玩了会儿这个不收门票的公园，他的村子在环海西路的边上，他家在十四组的476号，一个老院子里有几个老婆婆在阴凉处择羊毛，把深色的和浅色的分开，推开一扇门，里面都是一袋子一袋子的羊毛，这些羊毛还要经过

几道加工，松软漂洗染色后才开始加工擀成毡子，这种毡防潮效果特好。最古老的做法里还加进头发，现在头发贵了，就不放了只是纯羊毛。做羊毛毡到杨师傅这一代是第四代了。他们夫妻两个每天慢慢地做，也帮放羊的人做披的斗篷，他们做的东西很结实，能用一辈子呢。爱设计的人可以把自己画的图形给他，过几天杨师傅就做好了，去取时手工制作带来的美感有出乎意料的美。羊毛毡可铺着也可挂着当壁挂。

大理喜洲金圭寺村　羊毛毡制作传人 杨雄标：15912265904

方舟客栈

从全国各地来大理开客栈过理想生活的人越来越多。他们是湖南来的年轻人,以前还支过教。在这里的楼顶上观望雨后的彩虹,大理的屋顶尽收眼下,都像一本本倒扣的书,里面装满了故事。乘上你家的方舟将带我们去哪里?我本来是要打算去买盒国

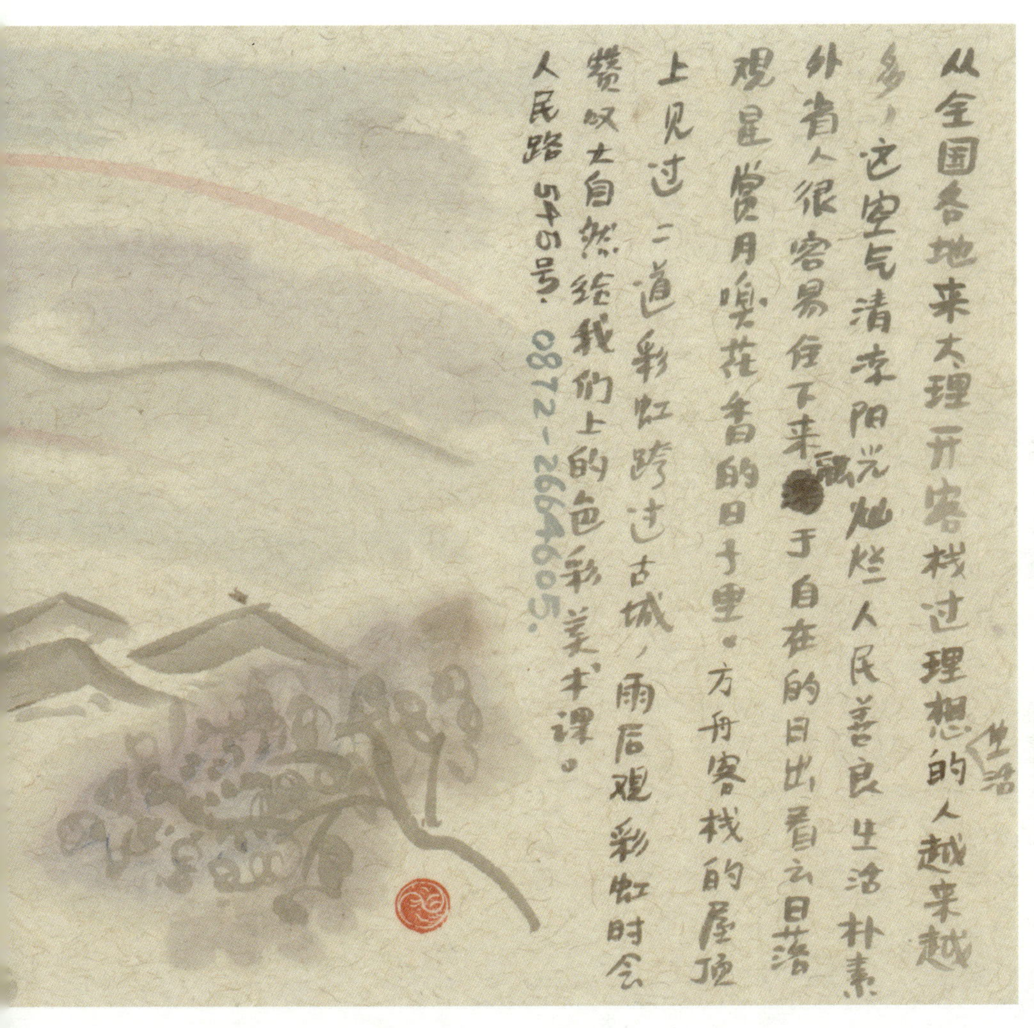

画颜色的，结果搭了他的车去海边看他们又一处客栈，看见了一大片的蓝色。

人民路 545 号。0872-2664605

大理是一个到处都能读到故事的地方，也能到处听到有人讲故事。

北风铃
是我在大理听到的一个故事
的名字，讲的是一个北京的最北边，燕山山
脉，丛山峻岭，某处山顶，悬山崖之上，塌了
半边的孤楼一座……
一个铜铃里
住着一个
小神

端午节每家门口都挂着由艾草、观音柳和菖蒲扎的一把草，随小杨去喜洲她二姐家过节，做了好吃的带到海舌公园的石桌上树荫下吃东西喝茶，安然过了吃了太多粽子的节。感谢友谊，小杨是我认识多年的友，开出租车帮过我不少忙，告诉我不少好玩的地方，海舌公园是免门票的。小杨：13087409392

端午节每家门口都挂着由艾草观音柳菖蒲扎的，随小杨去喜洲她二姐家过节，做了好吃的带到海舌公园的石桌上树荫下吃东西喝茶，安然过了吃了太多粽子的节，感谢友谊，小杨是我认识多年的朋友，开出租车13087409392，帮过我不少忙。海舌公园是免门票的。

米酒！米酒！甜米酒！

大理人的生活朴素不浪费，什么都能用上，这里是朴素生活的教室。

好东西都是藏着的。山上有个蓝色的小木屋，是以前一个台湾人闭关用的，他已经走了，有时我会想带着女儿在上面住一段。

住在大理四年没离开的安南，过着把自己包浆的日子。寻找真正的古董，门总是关着不开，一个人弹琴。他的桌子千万别碰！因为没固定，尽管上面堆满了东西。有人说这里风太大，安南说：风大?！空气才这么好！闲了时会给朋友们无怨无悔地做菜吃，手艺不错南京过来的嘛，还与友横渡过洱海，晒掉了一层皮！

住在大理四年没离开的云南，过着把自己包浆的日子，寻找真实的古董，门总是关着不开，一个人弹琴他的桌子千万别碰因为没固定尽管上面堆满了东西，有人说这里风太大阿南说：风大？！、空气才这么好！闲了时会给朋友们天妈无恼的作菜吃，手艺不错南京过来的嘛。

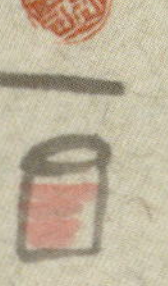

有小朋友的聚餐我们都会选这里，有一次和跳芭蕾的大天鹅在这里听她讲收藏囍的故事，眼泪都笑出来了。这里还可以外卖，不过守在炉边吃刚烤出来的比较香。

新星比萨房 0872-2679251

比萨房
PIZZERIA

有小朋友的聚餐我们都会选这里，有一次和跳芭蕾的大天鹅在这里听她讲收藏囍的故事，眼泪都笑出来了，这里还可以外卖，不过守在炉边吃刚烤出来的比较香。

0872 2679251

游客很少走到北门，谁站在那等人都有云南老照片的味道，有一刹那带你回到了很早以前，比童年还久远的时空里。

大理
游客很少走到的北门，谁站在那
等人都有云南老照片的味道，
有一刹那带你回到了很早以前，
童年还久远的时空里。

玫瑰上市的季节，鲜玫瑰十六元一斤，女人们聚在一起摘干净花瓣，用刀切碎放上白砂糖装进罐子里做成花酱，也用鲜花瓣炒鸡或者酿酒，玫瑰花酒。

玫瑰上市的季节鲜玫瑰十六元一斤，女人们聚在一起摘干净花瓣用刀切碎放上白砂糖装进罐子里做成花酱，也用鲜花瓣炒鸡蛋或者酿酒，玫瑰花酒。

来这玩的人都是心灵上长出翅膀的人。小马说大理是个只负责开头不负责结尾的地方。

来这里玩的人都是心灵上长出翅膀的人。小马说大理是个只负责开头不管结尾的地方。

11 四月

桃溪谷 窗外有人采茶

巍山一根面

12 四月

托草木之情，带我一程，只听故事不吃苹果。

19 四月

进山看花，遇水饮茶。

莲花村里的下午茶

21 四月

巍山地契

24 四月

小女孩儿手里拿着有毒的夹竹桃。

25 四月

一切都属于大地

26 四月

双道彩虹！早上好！

大理的雨季终于来了。

29 四月

喝酸奶拿本《至一百年以后的你》
沙溪 麦秋书吧

谢谢你的推荐！马圈青旅非常好！一树快熟的桃子，沙溪四登街 46 号

牧羊人乐队是人民路上自由弹唱的乐队，水准最高最打动心灵的乐队，从俄罗斯来，他们更像从月光里出来的，把人的心能带回宇宙去……

牧羊人乐队是人民踏上自由弹唱的乐队中水准最高最打动心灵的乐队，从俄罗斯来，他们更像从月光里出来的，把人的心能带回宇宙去……——

童年树上见。洱海门北边的缅桂树成了女儿每天黄昏必爬上待一会儿的地方。她们还从树上摘了花送给我呢。

童年樹上見，洱海門北

边的缅桂樹成了女儿每天

黄昏必爬上呆一会儿的地

方。

古城禁车多年，像我们这种租房子住的搬家就请板车大爷。他六十五岁了姓戴，每天都能看见他的车上装满了椅子、花篮这些生活在这里的人视为宝物的家当。他新买了手机呢！

古城禁车多年象我们这种租房子住的搬家就请板车大爷，他六十五岁了姓戴每天都能看见他的车上装满了椅子花盆这些生活在这里的人视为宝物的家当。他新买了手机呢！ 18469759623

苍山西坡的古老杜鹃林下，在花瓣和落叶间长着一种当地人称马芋子的花。我们一直盼望着去西坡看杜鹃花，离古城稍远一点的行程我们都会约着朋友分摊包车费用。到了山顶，先穿过散发着古老的气息不知道长了几百年的杜鹃树，同来的朋友和司机向更高的地方爬，听说那上面有黄色的杜鹃。我和女儿在树林下休息。

“妈妈你看！”我顺着女儿的手指，看到了一种从来没见过的植物，从快腐烂的杜鹃叶子下长出来的，花就一根，直挺挺的像一个蛇头，浅绿色的有点吓人又让人充满惊奇。

所有的一切都是爱的表达。吉他和有腰身的玻璃杯都是朋友送给我的礼物。每次回到大理的时候它们还在那里等我。

我们在咖啡馆相遇

卖腾冲产的油纸伞的男孩是个健身爱好者，他奇怪古城里咋没有一个健身房？最近咋不下雨啊？下雨伞就好卖了！

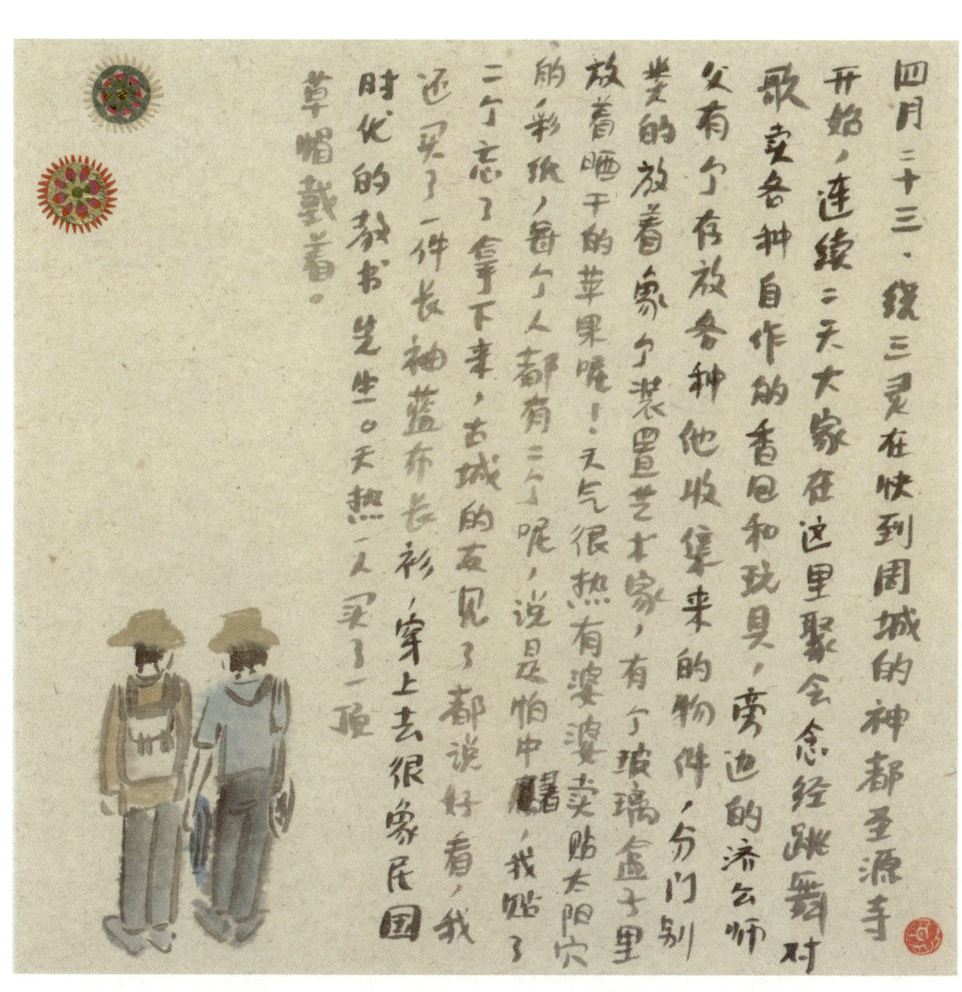

天气很热，有婆婆卖贴太阳穴的彩纸，每个人都贴了两个呢，说是怕中暑，我贴了两个忘拿下来，古城的友见了都说好看，我还买了一件长袖蓝布长衫，穿上去很像民国时代的教书先生。天热一人买了一顶草帽戴着。

是女儿告诉我金利就是老板的名字！她师从卡琳娜，因为要照顾两个孩子的晚饭辞去了以前的工作，孩子大些自己开店已有四年了，现在她正摘门前的金银花给我们泡水喝。海绵是孩子们养的狗，昨天过马路时被车压流血了前爪，正在后院修养，一点也

没有影响它对女孩的热情。朋友看见我都说胖了，因为住的离蛋糕店太近的缘故吧，我索性霸占了一张靠窗的桌每天来写字画画了。人民路 454 号。0872-2474117。早八点到晚九点。

是女儿告诉我金利就是老板的名字！她师从卡琳娜因为要照顾二个孩子的晚饭辞去了以前的工作，孩子大些自己开店有四年了，现在她正摘门前的金银花给我们泡水喝，海棉是孩子们养的狗昨天过马路时被车压流血了，前爪正在后院修养，一点也没影响它对女孩的热情，朋友看见我都说胖了，因为住的离蛋糕店太近的原故吧，我索性霸占了一张靠窗的桌每天来写字画画了。

在咖啡馆画画的好处真的很多……随时跳上窗外朋友开的车去往他方。

我们有的时候会觉得我们会永远地活在这里永不老去。

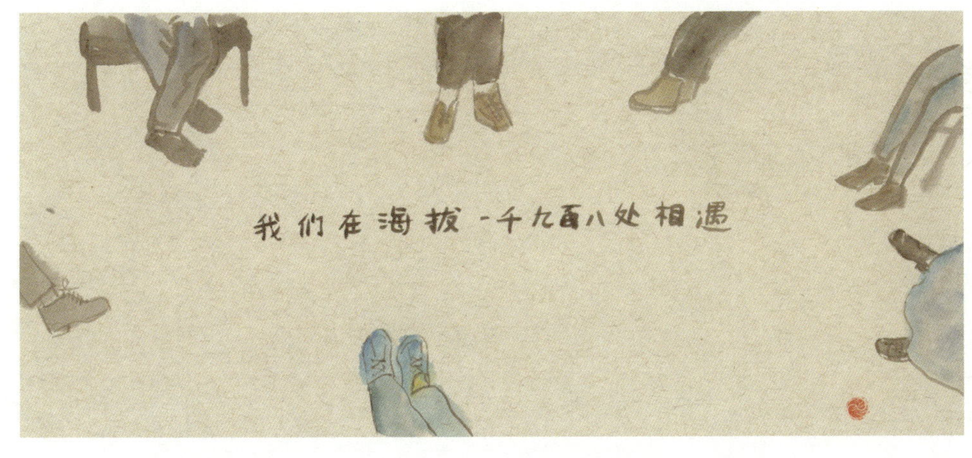

我们在海拔一千九百八米处相遇，广美川美的都来大理参加共同创作集。

插秧时节。五月初的田野里都是插秧的人们戴着草帽在劳作，蓝天白云下你会由衷地赞美伟大的生活。望着田里的妇女我在想，如果这代人离开了还有人肯在田里劳作吗？

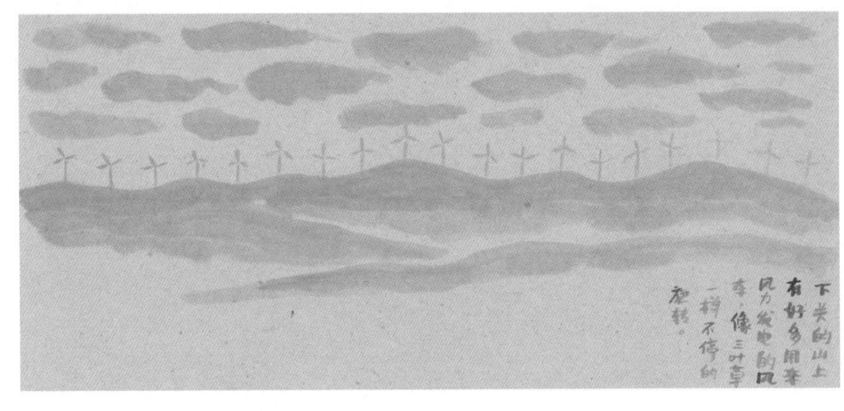

下关的山上
有好多用来
风力发电的风
车，像三叶草
一样不停的
旋转。

下关的山上有好多用来风力发电的风车，像三叶草一样不停地旋转。

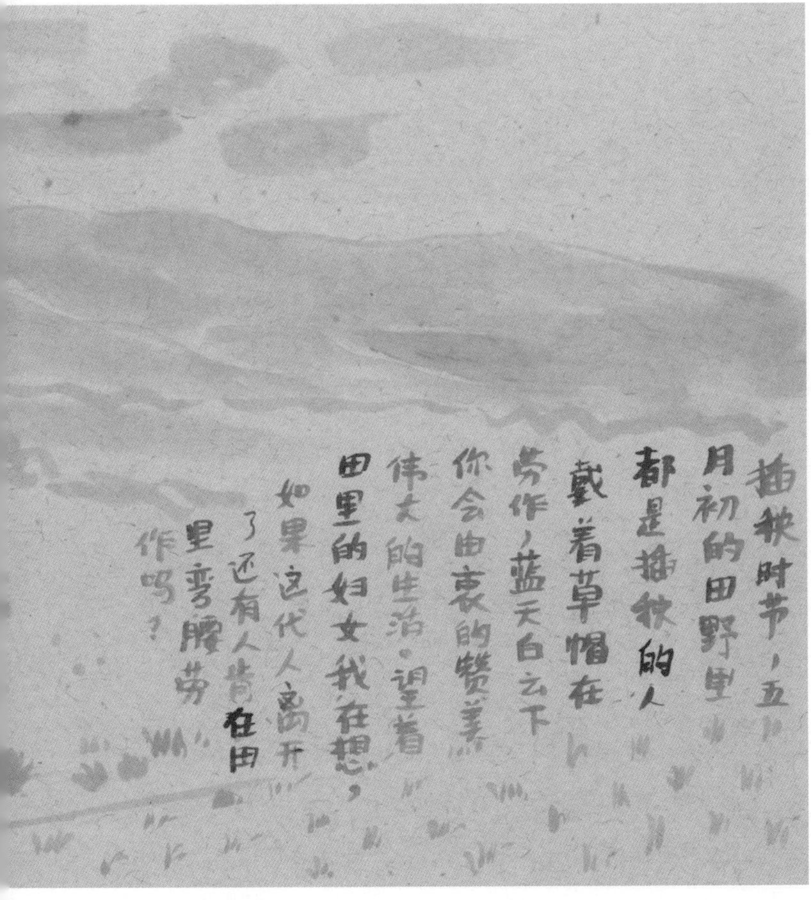
插秧时节，五
月初的田野里
都是插秧的人
戴着草帽在
劳作，蓝天白云下
你会由衷的赞美
伟大的生活。望着
田里的妇女我在想，
如果这代人离开
了还有人肯在田
里弯腰劳
作吗？

当我们老了的时候,马仍在山坡上吃草。瑞贝卡帮着改成:当我们老了的时候,我们就把马扔在山坡上吃草……

当我们老了
时候，马们
在山坡上
吃草……

三月二十八。三月街上的人还没有散尽，又一个节日已经开始了，花子会。

三月二十八，三月街上的人还没散尽，又一个节日已经开始了，花子会，东岳大帝诞辰，各村的婆婆念经团都在诵经安抚阴间孤魂野鬼救济世上无家可归的流浪人，所以周边的乞食者都会云集大理，人们换好零钱去发送，各家各户在寺院边上搭锅作饭摆好供品，一荤一素，荤的供东岳大帝，素的供地藏王菩萨。

我们喜欢一个地方时就想在这个地方置办家产安居乐业。先买套房子是故事的开始,就像灯光被囚禁在灯泡里。如果没有房子我们把幸福放哪呢?

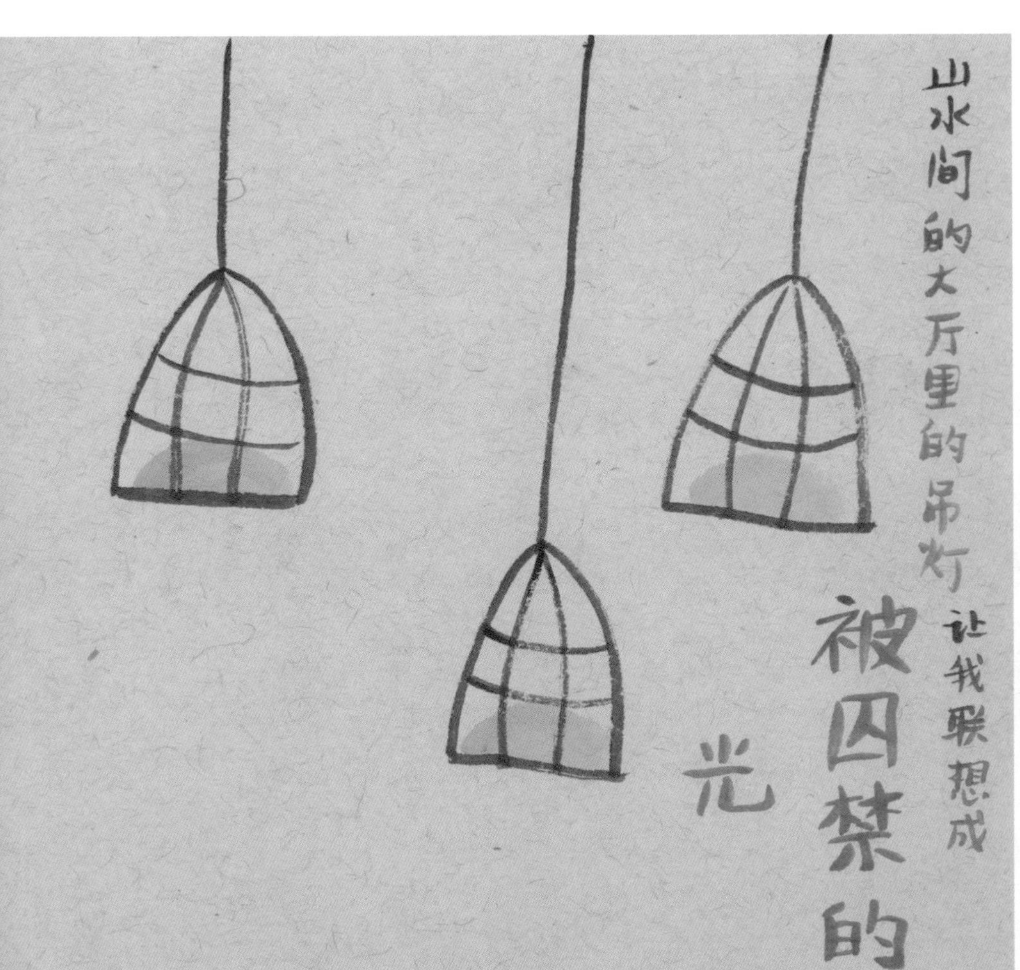
山水间的大厅里的吊灯
让我联想成
被囚禁的
光

在大理，从零开始。在桃溪谷的大梨树下，接到尼玛的邀请参加“零艺术甲午艺术创作”现场展，朋友要租的小院落里拾来的旧椅子，从北京嫁到大理的利利花了两个小时用毛线绕出来的天眼，陪朋友买花得的一盆铜钱草植物，场地里手边的石子，组成了我的新生活。

在大理、从零开始。

在桃溪谷的大梨树下，接到尼玛的邀请参加零艺术甲午艺术创现场展，朋友要租的小院落里拾来的旧椅子，利利花了二个小时绕出来的天眼，陪朋友买花得的一盆铜钱草植物，场地里手边的石子……组成了我的新生活。

菩提本无树，是我的作品。院子里一棵死了的植物，人民路上买的菩提子手珠，木匠街和她换的坐了十多年的小凳子，一把很关键的小剪刀，综合成了我对禅的理解。

菩提本无树，是我的作品。院子里一棵死了的植物，人民路上买的菩提籽手珠，木匠街和她换的坐了十多年的小凳子，一把很关键的小剪刀，综合成了我对禅对生活的运用和联接。

春暖花开，彬子租了一亩半地，他平时在人民路中段四中往上一点的路口那儿卖自己缝的包，今天正好得空收拾朋友们丢弃的酒瓶，昨天我和老徐还来种了几棵辣椒的苗，没人看见只有晚霞在头顶信任我们。

平时有个乐山来的朋友住在这儿，问他做什么，“我在观察田野。”

春暖花开，榔子租了一亩半地，打了口井，种上蔷薇花，还搭了间透光的竹席客厅，没有门更不上锁，朋友自然光顾做饭喝茶，他平时在人民路中段四中往上一点的路口那儿卖自己缝的包，今天正好得空收拾朋友们丢弃的酒瓶，昨天我和老徐还来种了几棵辣椒的苗，没人看见只有晚霞在头顶信任我们。

越来越多的妈妈带着孩子来大理寻找新的教育方式探索更健康的成长方向，什么是文明？幸福的定义又是什么？自由的尺度在哪里？怎么能去除心中的暴力又能教育出一个自由又会尊重他人的儿童，让我们一起在大理的星空下寻找答案，并试图读懂自然给我们的启示……

越来越多的妈妈带着孩子来大理寻找新的教育方式探索更健康的成长方向，什么是文明幸福的定义是什么？自由的尺度在哪里？怎么能去除心中的暴力又能教育出一个自由又会尊重他人的儿童，我们在大理的星空下寻找着答案并试图读懂自然给我们的启示……

太阳雨是在大理能感受的。一会儿雨点湿了街上铺的石板，还没跑回家，太阳已经射向屋顶的瓦了。干旱成了这里的问题，过度迅速发展的房地产业也是使大地缺水的原因之一吧，每个人的生活态度和作为都会对我们居住的星球产生影响。

太阳雨是在大理能感受的，一会儿雨点湿了街上铺的石板还没跑回家太阳已经射向屋顶的瓦了，干旱成了这里的问题，过度迅速发展的房地产业也是使大地缺水的原因之一吧，每个人的生活态度和作为都会对我们居住的星球产生影响。

诗人北海在田野里拿着一块拾来的木板正朝他自己盖的小木屋走去，白天盖房子晚上去人民路卖他的诗集，他的诗集我买过，翻开随便一页上写着：无目的的风走过，搜寻着它的残渣碎片。今天我看见了他的电影片断还坐在没盖完的屋子前喝了浓茶。

诗人北海在田野里拿着一块拾来的木板正朝他自己盖的小木屋走去。白天盖房子晚上去人民路卖他的诗集，他的诗集我买过，翻开随便一页上写着：无目地的风走过，搜寻着它的残渣碎片。今天我看了他的电影片断，还坐在没盖完的屋子前喝了两杯浓茶。

“不怕晒就在外面喝！”

在大理谁还怕晒啊！

缆车上看苍山观洱海如坐梦中，像一只收了翅的鹰除了风声一切都很静，风大的时候，缆车会停开。上山时一定别忘了带件外套，任由山下怎么个日丽，山上风仍很大且冷。

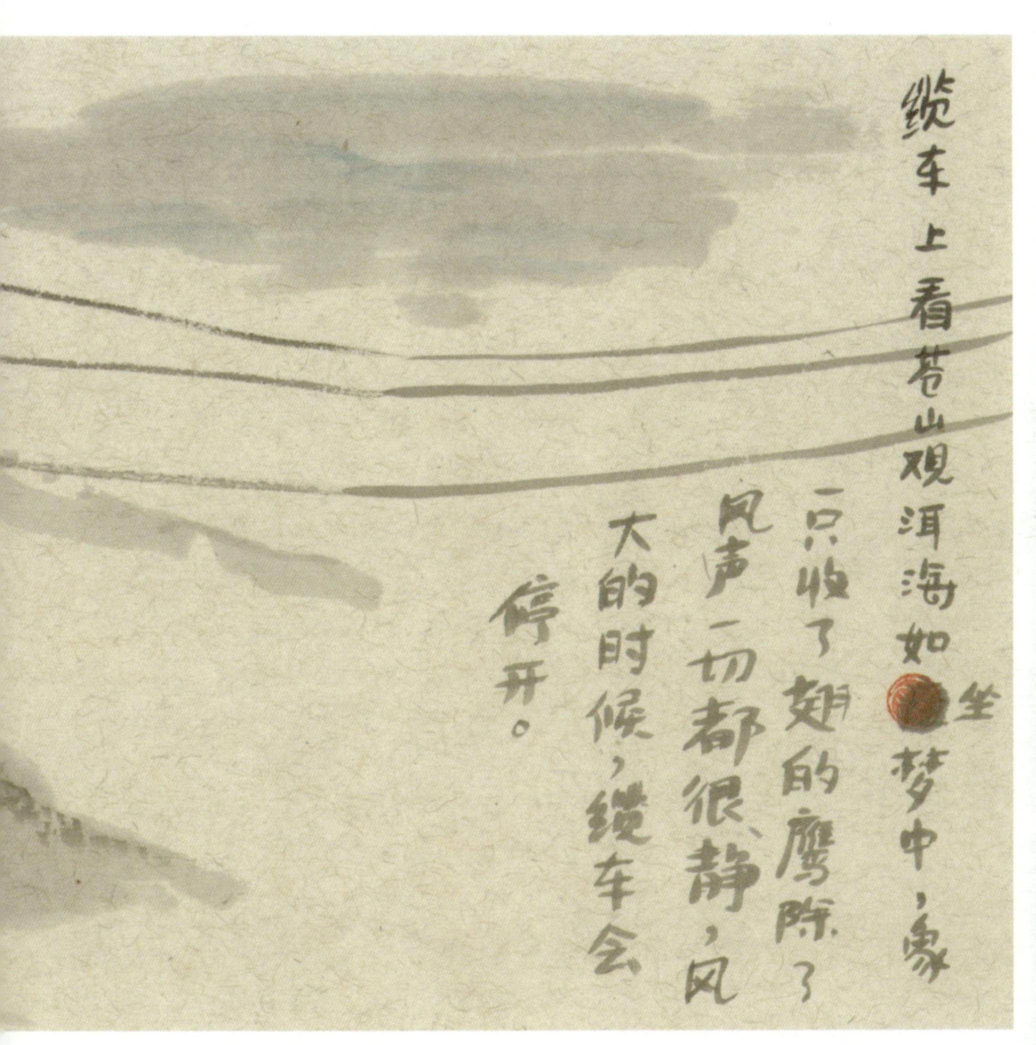
缆车上看苍山观洱海如
坐梦中，象
一只收了翅的鹰除了
风声一切都很静，风
大的时候，缆车会
停开。

云游路是最值得去走的。有一次我们结伴上山，杰森跟我说：我们一定要把不好的日子过好。每次走云游路的时候我都会想起这句话。走在云游路上就像走在一个电影的屏幕里，有些晕眩也让我有一种想飞翔的感觉，回到山下有时还能看到玉带云，白白地在山之间缠绕着。

云游路是最值得去走的，有一次我们结伴上山，杰森跟我说：我们一定要把不好的日子过好，每次走云游路的时候我都会想起这句话。云游路也叫玉带路，走在半山腰的路上，迎面走来的人都会互相打招呼，毕竟在山里见个人不容易，走在云游路上就像走在一个电影的屏幕里，有些晕眩也让我有一种想飞翔的感觉，回到山下有时还能看到玉带云，在山之间白白的缠绕着。

每天早上赶在七点半前把女儿送去学校，我就在这里喝一碗绿豆粥，要最稀的和粥皮儿，多香呢。有时也食一笼素蒸饺，女儿最爱吃她们家的小笼包子了。店里有把吉他，不忙时有人弹。

每天早上赶在七点半前把女儿送去学校
我就在这里喝一碗绿豆粥，要最稀的最
爱吃粥皮儿，多香呢，有时也会一笼素蒸
饺，女儿最爱吃她们家的小笼包子了。
店里有把吉他，不忙时有人弹。

流浪人

到大理怀旧也是这里的生活内容之一。这个有四只狗的流浪人也是老大理的一部分。有时他就睡在小菜市的水泥地上，卖菜的、上学的来了就能看见他正在打点行装。

到大理怀旧也是这里的生活内容之一，那个有四只狗的流浪人也是老大理的一部分。有时他就睡在小菜市的水泥地上，卖菜的上学的来了就能看见他正在打点行装。听人说以前他还有一匹马呢！很瘦很瘦，带他去这去那，有一天马死了就在大菜市场那，他趴在马上哭了好久，也没人肯买他的马肉从此他就成了一个没有马的人，

我感觉我的灵魂会跳舞

只有在大理才能见到这种天真的如同孩子玩具一样涂成天蓝色的农友牌卡车，跑动起来声音很大，小孩子管它叫会打屁的车车。

街边的垃圾箱打开盖子像一只只大兔子，有谁也发现了，跑回家拿了颜料给它画上了眼睛。丢垃圾的人就像是去喂它。

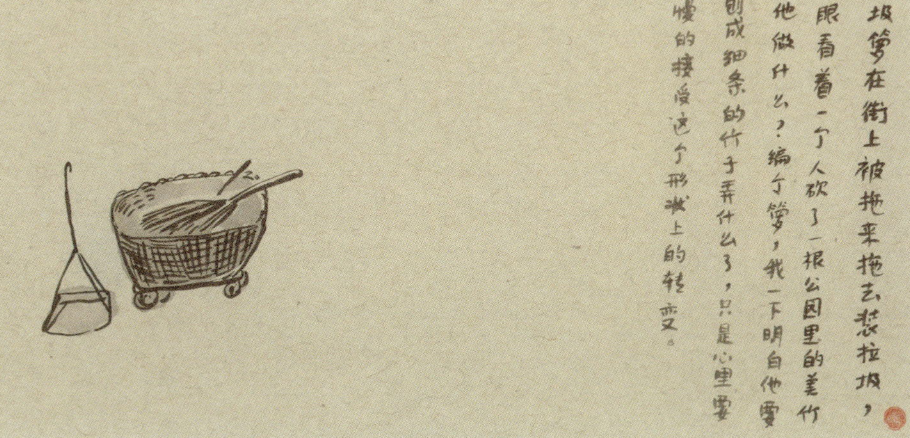

垃圾筐在街上被拖来拖去装垃圾，我眼看着一个人砍了一根公园里的美竹问他做什么？“编个箩。”我一下明白他要把刨成细条的竹子弄什么了，只是心里要慢慢地接受这个形状上的转变。

终南别业

中岁颇好道，晚家南山陲。
兴来每独往，胜事空自知。
行到水穷处，坐看云起时。
偶然值林叟，谈笑无还期。

在老山参加过自卫反击战的叶昆用了王维的诗坐看云起时，他在大理生活五年了，开始他的云起大理。他讲话声音很大是因为当炮兵时震的，他还负过伤，住了一年半的医院，真是个保卫国家的英雄！去了他的一个院落，见到清香木上挂着鸟笼，罗汉松上长出小小的罗汉，假山石上挂着颗红草莓……他在泡茶，等一个能领导他的领导。

在老山参加过对越自卫反击战的叶昆用了王维的诗坐看云起时，他在大理生活五年了，开始他的云起大理，他讲话声音很大是因为当炮兵时震的，他还负过伤，住了一年半的医院，真是个保卫国家的英雄！去了他的一个院落，见到清香木上挂着鸟笼罗汉松上长出小小的罗汉假山石上挂着颗红草莓……他在泡茶，等一个能领导他的领导。平等路

终南别业

中岁颇好道，晚家南山陲。兴来每独往，胜事空自知。行到水穷处，

搬来大理住的人越来越多。以前一千元可以租一年，后来一千元可以租一个月，现在一千元只能租一间，幸好我的欲望只减到一张床几个纸箱。

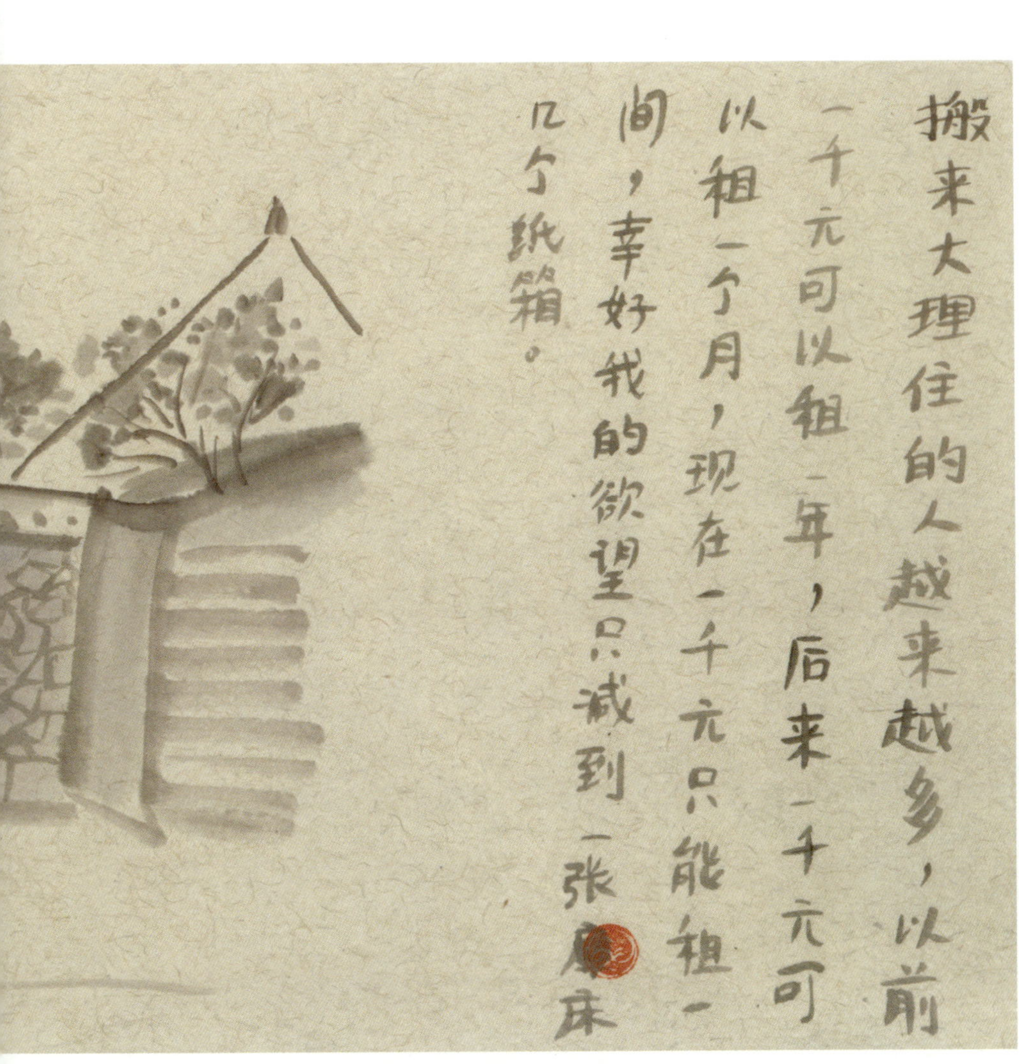
搬来大理住的人越来越多，以前
一千元可以租一年，后来一千元可
以租一个月，现在一千元只能租一
间，幸好我的欲望只减到一张床
几个纸箱。

绿妖花园外的花长得果然不同一般。女主人桃子就是因为爱种花才搬来大理住的，她在门口种的龙沙宝石即将招摇出天堂拱门的姿态时就有人来偷了。大理别的不会丢，花是会被偷的。因为大家都爱花，最直接的表达就是弄回家！

绿妙花园外的花长得果然不同一般！女主人桃子就是因为爱种花才搬来大理住的，她门口的龙沙宝石即将招摇出天堂拱门的姿态时就有人来偷了
大理别的不会丢，花是会被偷的因为、大家都爱花，最直接的表达就是弄回家！
洋人街下段护国路186号 15368725330

刚画完这张画就看见桃子和她的先生正在用锄头把这株很大的植物往院子里挪，我和珠子走进她的花园看见了她的内心——长满了各种美妙的植物。

喜欢安静的人会住这里。

洋人街下段护国路 186 号 15368725330

有好几个朋友告诉我
他们第一次见到松鼠
在大理的树林里跑跳。

有好几个朋友告诉我，他们第一次见到松鼠在大理的树林里跑跳。白鹭经常在早晨或黄昏从我头顶的天空飞过，都能望到它们浅粉的脚呢！

我画的松鼠有点胖，大理的松鼠全是瘦款的。

23 五月

我的厨艺，玫瑰饭团。

17 五月

等友插花图

15 五月

在附近的赶快来吧，大理古城人民路454号金利西点，老板请客！

猫的迷梦，玉兰花开。

19 五月

今天她的作品

17 五月

三月的某一天我的友离开北京的路。

24 五月

音乐是神性的，他正在召唤宇宙的力量，这就是艺术存在的理由。欢庆在洱海门演出。

在去鸡足山的路上
瑞贝卡在风中休息

15 五月

从鸡足山回来的路上见一死亡松鼠，下车去埋它我逆行在路上，迎面走来牧牛人，我们什么时候把自己的牛牧回家就到家了。

早

13 五月

林中小屋，我的下一站。

黄先生家门口的花

怀义医馆

大理市
新型农村合作医疗专用
处方
R：诊断：

在大理投医问药也是我的生活内容之一私人开的中医馆有好多家，有一天就进了这里，他和无为寺的净空师父也是朋友，我在这里拿中药，买了个电的煮药罐，一边旅行一边煮中药在花甸坝在温泉……来大理玩的友也会被我带来号脉看舌苔。他看病他太太抓药二人配合得很好。

在大理投医问药也是我的生活内容之一。私人开的中医馆有好多家，有一天就进了这里。他和无为寺的净空师父也是朋友，我在这里拿了中药，买了个电的煮药罐，一边旅行一边煮中药在花甸坝在温泉……来大理玩的友也会被我带来号脉看舌苔。他看病他太太抓药二人配合得很好。

大理中医医院里的赵凯大夫是因为看病认识的，他的草药末摆了几只大大小小的罐子还有可擦的药水，我的颈椎不好常去找他，他的父亲赵云龙先生就是这所医院的创始人，针灸推拿科的张大夫也很好，每天来扎针灸的人很多，我去都赶在早上八点钟一开门。

大理中医院里的赵凯大夫是因为看病认识的，他的草药末装了几只大大小小的罐子，还有可擦的药水，我的颈椎不好常去找他。他的父亲赵云龙先生就是这所医院的创始人。针灸推拿科的张大夫也很好，每天来扎针灸的很多，我去都赶在早上八点钟一开门。

MCA 酒店的大花园。尼玛和小敏请来了好多常住大理各个角落的艺术家们，我们带孩子从桃溪谷回来走进了好几年没有踏进的地方，草木更繁盛了。成都来的四岁的梵梵看着一大桌子吃喝的人说：你们都是在梦中。

MCA酒店的大花园，尼玛和小敏请客来了好多常住大理各个角落的艺术家们，我们带孩子从桃溪谷回来走进了好几年没踏进的地方草木更繁盛了，四岁的梵梵看着一大桌子吃喝的人说：你们都是在梦中。

走到214国道边等去洱源方向的中巴车，十五元车费到下山口泡温泉，很多家，其中地热宾馆大人十元，儿童五元，我们常去。路上可以看一个多小时的田园风光，新的土豆被挖出来了，紫皮大蒜已经成麻袋装好，正在路边的拖拉机边进行交易着，黄昏临近田地里散发出烧稻草的香气。

温泉是让人想念的温暖故乡，走到214国道等去洱源方向的中巴车，十五元车费到下山口泥温泉，很多家，其中地热宾馆大人十元，儿童五元我们常去，路上可以看一个多小时的田园风光，新的土豆被挖出来了，紫皮儿大蒜已经编成麻袋装好正在路边拖拉机边进行交易。

玉洱路能找到小小的普贤寺，有几个婆婆在护持，浇花扫地擦香案换供果诵经韦陀菩萨的眼珠是闪亮的啊！这在别处还真见不着呢。当我从碎布拼花的拜垫上抬起头来看见时心中不禁赞叹雕像师的聪慧啊。大理人家中有事了，首先跑到普贤寺来祈求普贤菩萨的护佑。

玉洱路能找到小小的普賢寺，有几个婆婆在护持，浇花扫地擦香案换供果诵经韦陀菩萨的眼珠是闪亮的啊！这在别处还真见不着呢。当我从碎布拼花的拜垫上抬起头来看见时，心中不禁赞叹雕像师的聪慧啊。

大理人家中有事了，首先跑到普贤寺来祈求普贤菩萨的护佑。

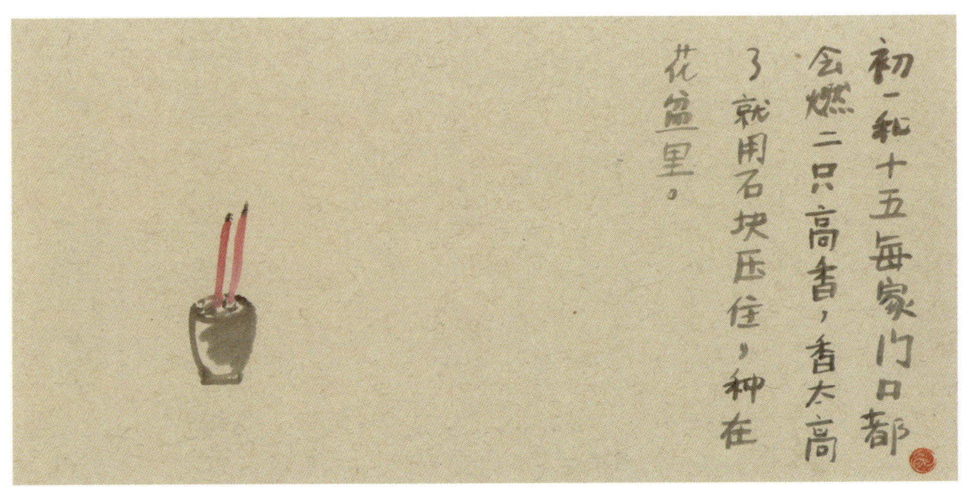

初一和十五每家门口都会燃两只高香，香太高了就用石块压住，种在花盆里。香里面装的是从山上找来的植物，外面裹上彩色花纸，背在竹篓里比人还高。

我的生命在飞，网了一篮子能记住的梦。

欧阳，这个北大少年班的高才生在帮如水切明信片。如水一边旅行一边拍照一边卖自己做的明信片也帮别人做明信片帮人邮寄，我经常把画拍成照片做成明信片寄向四面八方，只是邮局从今年三月一日开始，这种自制的明信片外面要套一个信封。

大理有好多不飞的老鸟，常看见他们聚在一起踢毽子。一个香港人一个澳门人一个西安人，你不会想到年龄大的两位都六十多了，住在这里久了似乎年纪都不存在了。“‘江江’名字听起来就像两岁的孩子。”女儿这么说，他回道：“我就希望永远也长不大！”在这里具有儿童精神的不止他也包括我和你吧。

大理有好多不飞的鸟叫老鸟，常看见他们聚在一起踢毽子，一个青海人一个澳门人一个西安人你不会想到年龄大的二位都六十多了，住在这里久了似乎年纪都不存在了，江江名字听起来就象二岁的孩子，女儿这么说，他回道我就希望永远也长不大！在这里具有儿童精神的不止他也包括我和你吧。

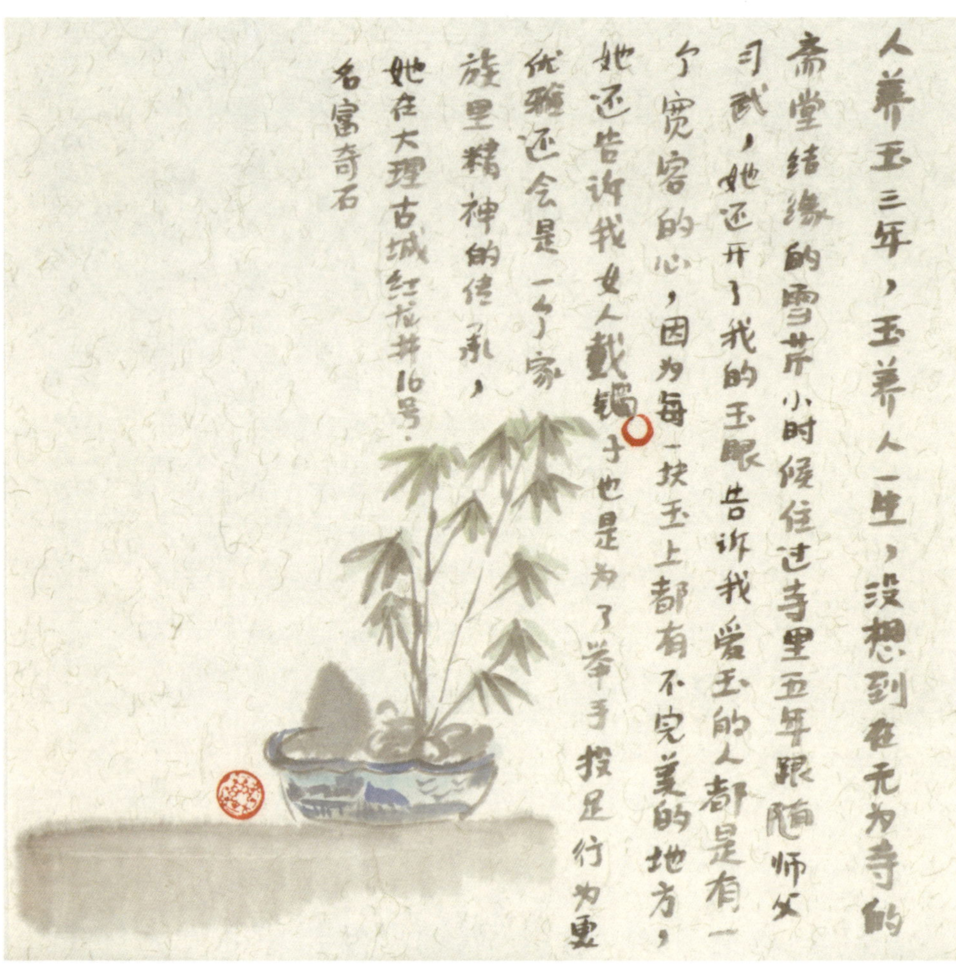

人养玉三年，玉养人一生。没想到在无为寺的斋堂结缘的雪芹小时候住过寺里五年跟随师父习武，她还开了我的玉眼告诉我爱玉的人都是有一个宽容的心，因为每一块玉上都有不完整的地方。她还告诉我女人戴镯子也是为了举手投足行为更优雅，还会是一个家族里精神的传承。她在大理古城红龙井16号:名富奇石。

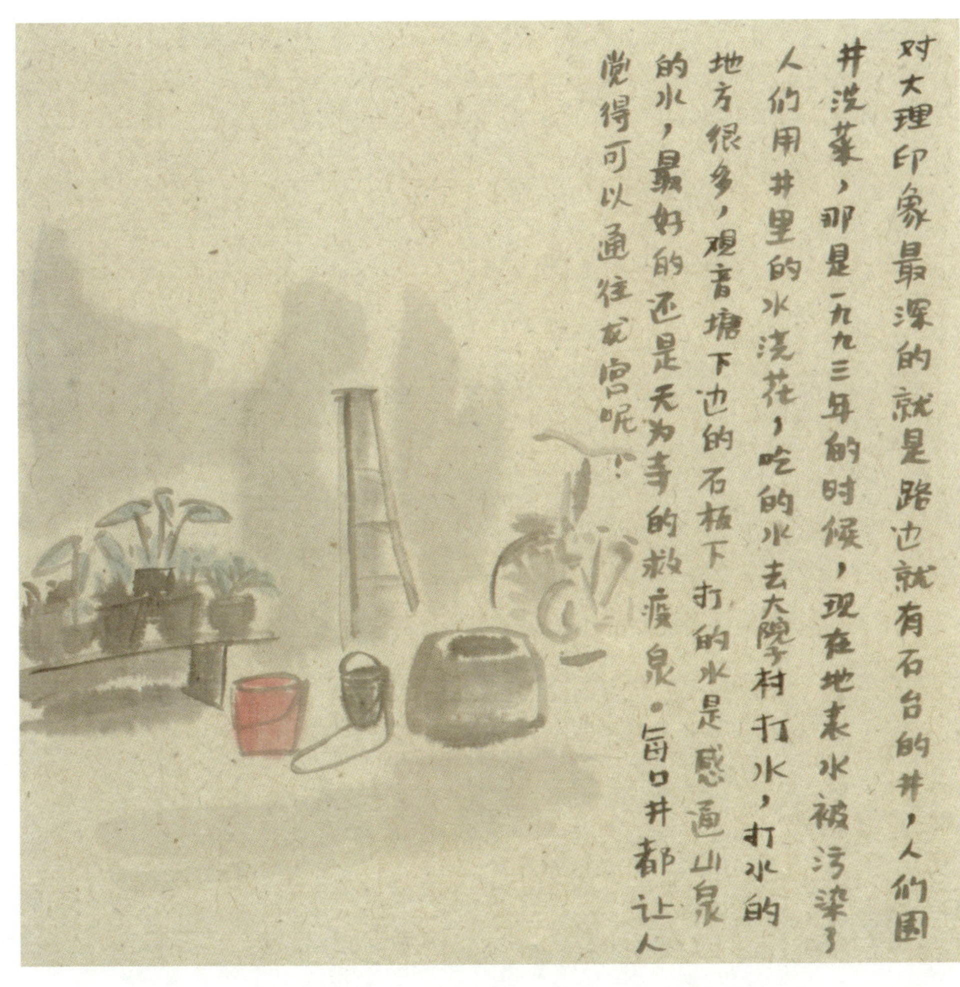

对大理印象最深的就是路边有石台的井，人们围井洗菜，那是一九九三年的时候。现在地表水被污染了，人们用井里的水浇花，吃的水去大院子村打水，打水的地方很多，观音塘下边的石板下打的水是感通山泉的水，最好的还是无为寺的救疫泉。每口井都让人觉得可以通往龙宫呢！

杨梅上市。宾川县的太阳好像更适合葡萄、杨梅、橄榄、梨子、苹果的生长，大地慷慨地不断地把甜美的水果送到我们的面前。

日日有惊喜，路边拾的一张旧椅子，摆上花大家都围着看，邻居说这花不值钱，在书店里当义工的诗人说：美好的东西都不值钱。

藏在院子里的树开出了数不清的大朵曼陀罗，挂在那儿一天又一天。你找到了吗？还是告诉你吧，就在猫猫果儿客栈的院子里，你占了我的座位，我还有地方看书在花前吗？

人民路 419 号 0872—2474653

藏在院子里的树开出了数不清的大花朵，挂在那儿一天又一天，你、就是欣赏不到赞美不了吧！我还是告诉你吧，就在猫猫果的院子里，你占了我的座位，我还有地方看书在花前吗？

好多人都像行为艺术家，出现在固定的地点，一边看书一边卖自制酸奶的，一边画明信片一边卖明信片的……每个人都会选一个角落开始自己的戏剧生活。

张阿姨以前在云龙县的手工造纸厂工作过，也在锡矿工作过，现在在自己家开个小餐馆做醪糟煮鸡蛋汤圆。蔬菜混合炒饭、西红柿鸡蛋面都很好吃，她家的花园有很多盆景大理石还有一直爱叫的狗果果。友常临。她家还能住宿，一个月九百元，屋子非常干净，我们在屋子里就光着脚。

人民路 458 号 0872-2663736

药师佛圣诞，当地人全去南门外的城隍庙过节赶会，大家背着柴和锅菜鱼肉带着大公鸡，先在有孔子像的殿里祈福，然后开始做饭吃饭，外面的墙都被柴火熏黑了，神像色彩鲜丽，有一位官爷头上戴的帽子上写着：一见发财！

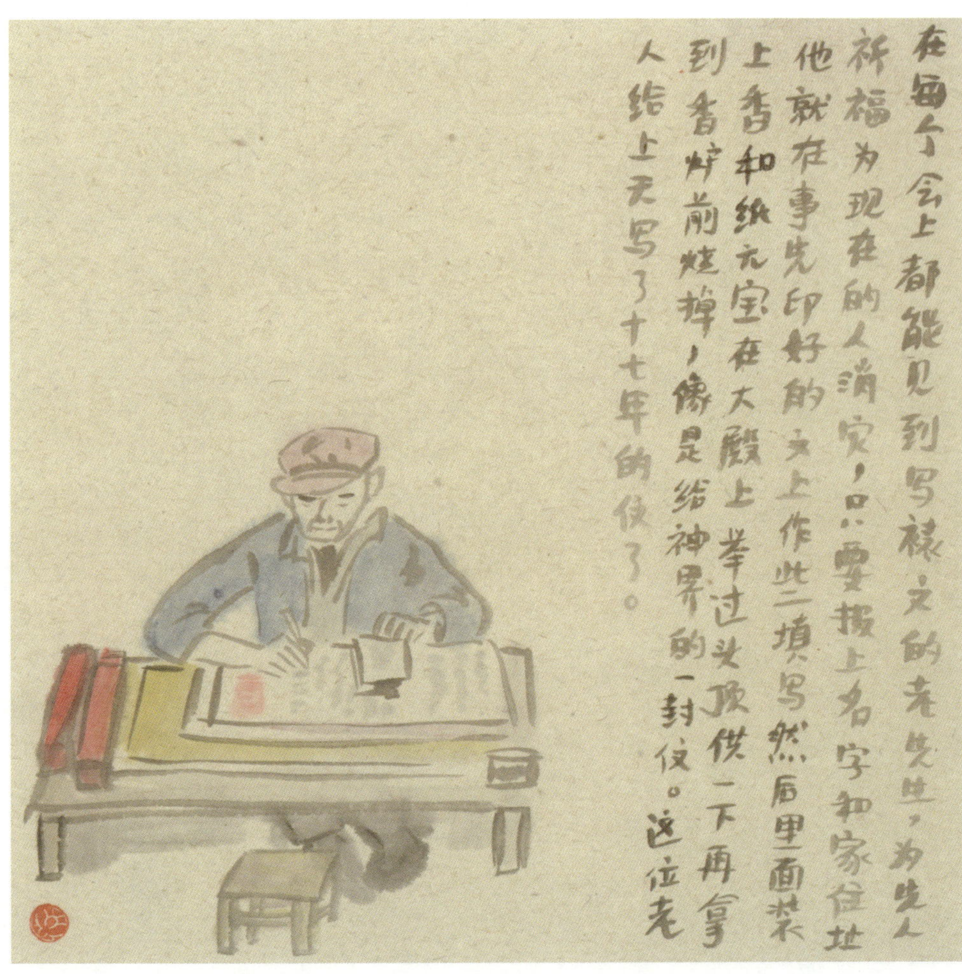

在每个会上都能见到写表文的老先生,为先人祈福为现在的人消灾。只要报上名字和家住址,他就在事先印好的表上作些填写,然后里面装上香和纸元宝在大殿上举过头顶拱一下再拿到香炉前烧掉,像是给神界的一封信。这位老人给上天写了十七年的信了。

认识诗人伊昊是在书店里,他在当义工帮书店卖书还有他自己的手写体诗集。因为找房子,瞥见一眼他整洁无物的住处,他的诗句:最美的事情,见了再见。他的生活比诗句还简。

认识诗人伊昊是在书店里，他在当义工帮书店卖书还有他自己的手写体诗集，因为找房子，瞥见一眼他整洁无物的住处，他的诗句：最美的事情：见了再见。他的生活比诗句还简。

刚才看见一辆自行车把上绑着一个小风车，骑的时候一定好玩，即使停在路边也在转呢，这里风多。

下关的新建影视城是我们每个周末都争取来的地方，我们在这欢笑流泪获得精神的力量，我们是爱看电影的人。

感谢放电影的人。

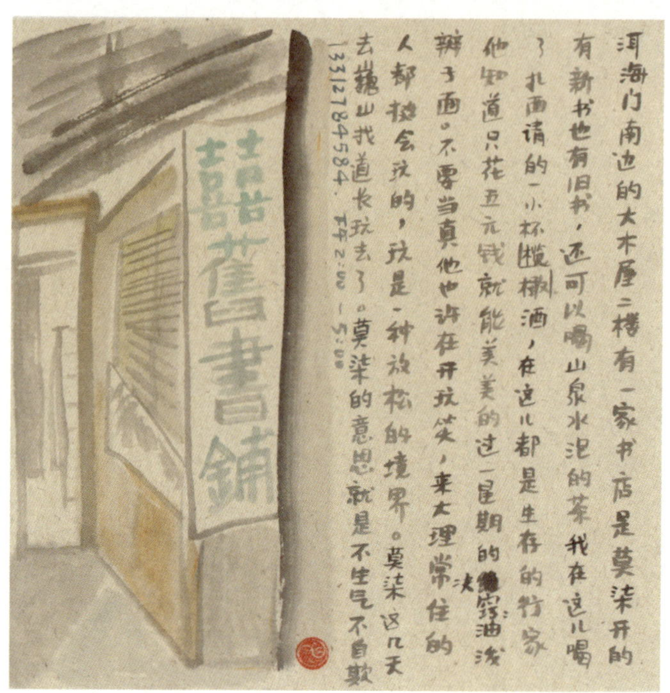

寻古意独坐今桥的莫柒

大理生活告一段落，东西和画都在整理中，墙上的画有一张名为《寻古意独坐今桥》就想了好几天要送给囍旧书铺的莫柒，他是我这次来大理认识的最有含金量的人。我们是在益恒饭店的饭局上认识的，请客的是出《虚度好时光》的江亮，他们在为写大理的新书《不费力的生活》在人民路上作预售宣传；我们在十年前就认识了，那时他们出《大理的游侠时光》我出《在大理的星空下接吻》，我们都知道益恒酒家的菜饭地道又好，一起坐这吃饭还是头一次，我就认识了莫柒和扎西，他有个书店在大木屋楼上。有天黄昏我就和友一起去拜访了，一屋子的新旧书，他用泉水泡茶给我们喝，说一会正准备出门去巍宝山的一个道观里住几天，我也要了地址电话择个日子去了，结果收获特大，对他心存感激。走在古城里常能看到他背个竹篓买东西回来往书店走，也看到他在路边休息或围着城墙散步，今天又见他从门前路过，往他背篓里望了一眼有好多好吃的！有朋友来，他待客，我也提了瓶刚从无为寺打回的泉水当礼物去凑个热闹，墙席上夹着扎西的新画，像蒙克的，有大师气质。另一个是成都的画家画的，书架上有幅他的学生画的树。搬来大理以前他是教文学的，重庆人，巧了！我最好的友都是重庆的，那是个神奇的城市。莫柒的邻居老杨是个艺术家，专门作"人"字形的作品，材质全是木头，他的作品很有概念，但他不解释也不谈论，做完就放下了，不出名不获利是个难得的艺术家，周末时在他的作品那棵长成人字的树干边会有夏天读诗会，已经开了第十次了，可我还没去过呢。大理永远是新鲜未知的，我对大理是一知半解的，正是这种好奇让我对大理生活充满热情和盼望。在莫柒的周围，有个宇宙在运行，赶巧进来了不是看见彩虹就是能赶上颗流星，总有所获。人，是这个星球最值钱的宝藏。这是我离开囍旧书铺望着被白云挡住的苍山脑子里打出的一行字。

囍旧书铺变成了一个流浪书店，没有自己家的时候处处为家：

囍书洛卡手工晓画剪纸
地址 人民路与广武路路口西北街角二楼
电话 18288821070

回一自然养育中心
地址 大理双廊老鹰山
电话 13392106302

宋家姐妹书吧
地址 大理古城红龙井门斜对面金玉缘国际青旅旁
官方微信 fczy425819
电话 0872-2677311

柒八酒食
地址 人民路 62 号（"凤凰"酒吧斜对巷内）
电话 13404953166

扎西的第一张画

巍山古城

巍山像阳光下晒太阳的老人，散发着平和安详的气氛，古城里还有两元一杯的茶馆可看电视下棋聊天。

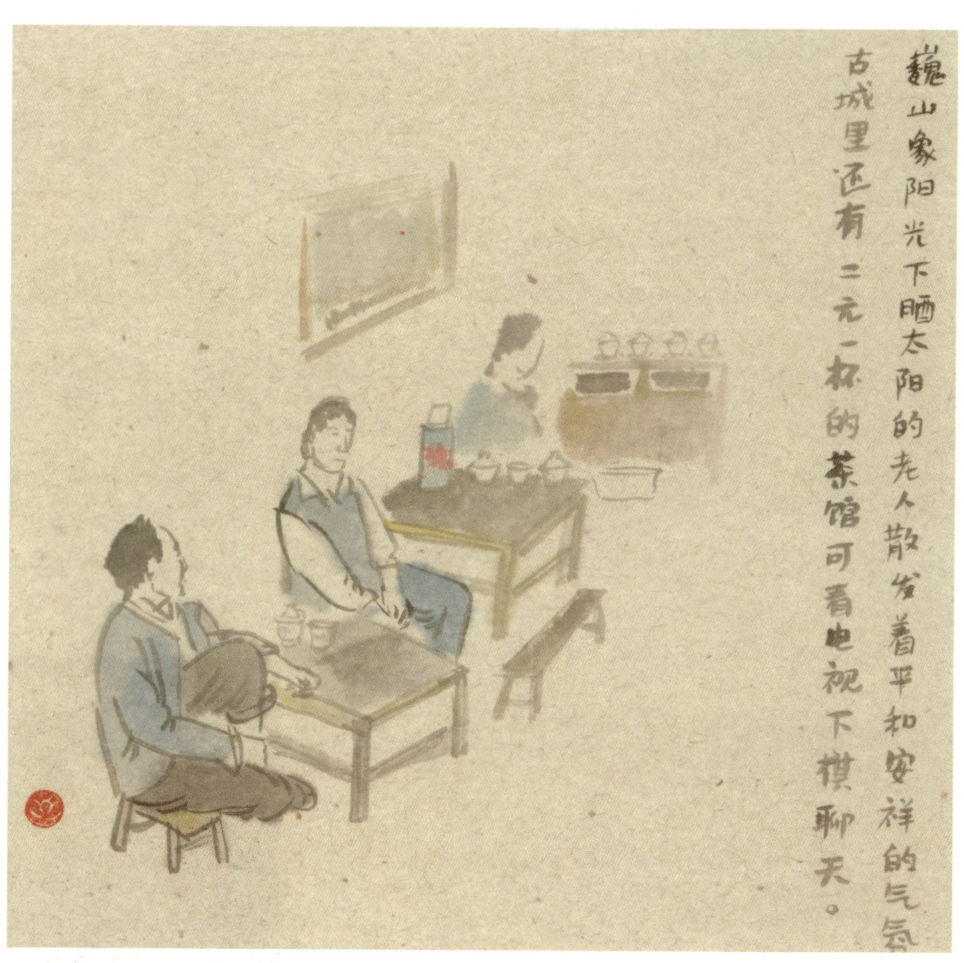

到了巍山一定先去吃一碗长寿一根面，一盘子有一千米，一碗面有几米，有大碗和小碗，长长的面条静静地盘着等着人吃。后街六十七号，阿弟家。

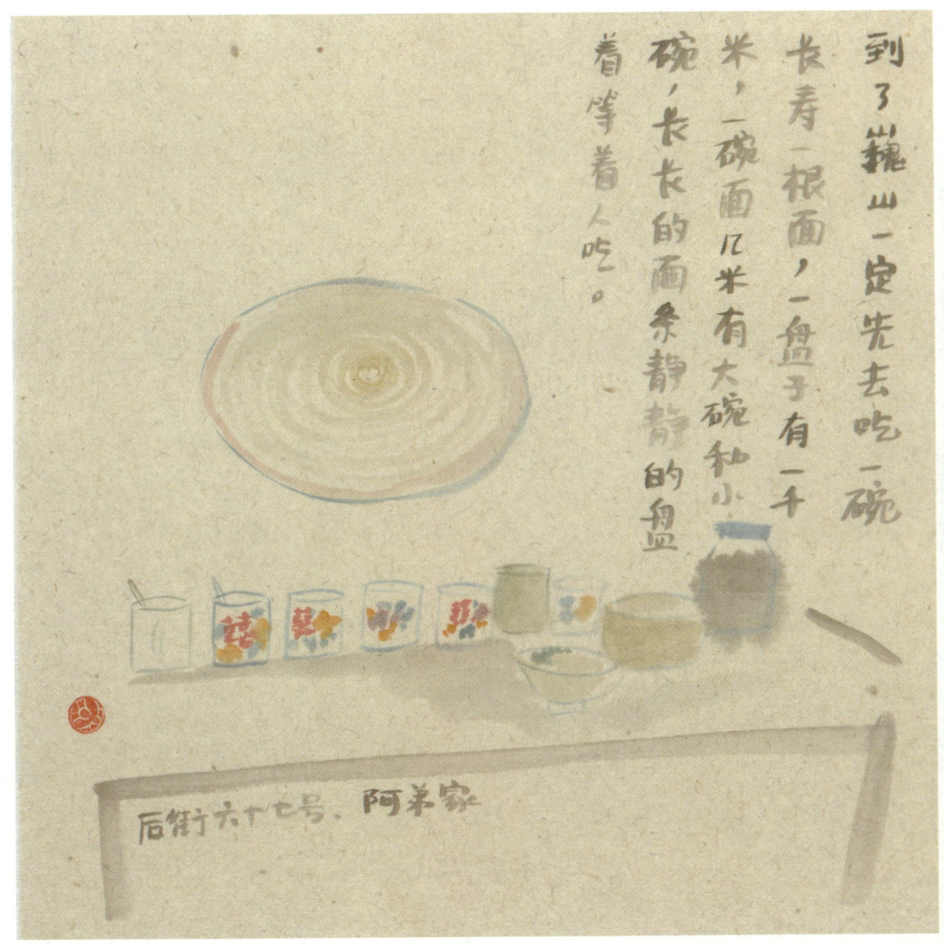

巍山古城里有很多可买的小吃和手工特产，各种竹编的提篮，用蚕豆作的火烧豆，各种咸菜；木瓜醋喝多了会醉，爱亚麻布的人最喜欢到城的北面山坡上的三彝扎染厂买布了。

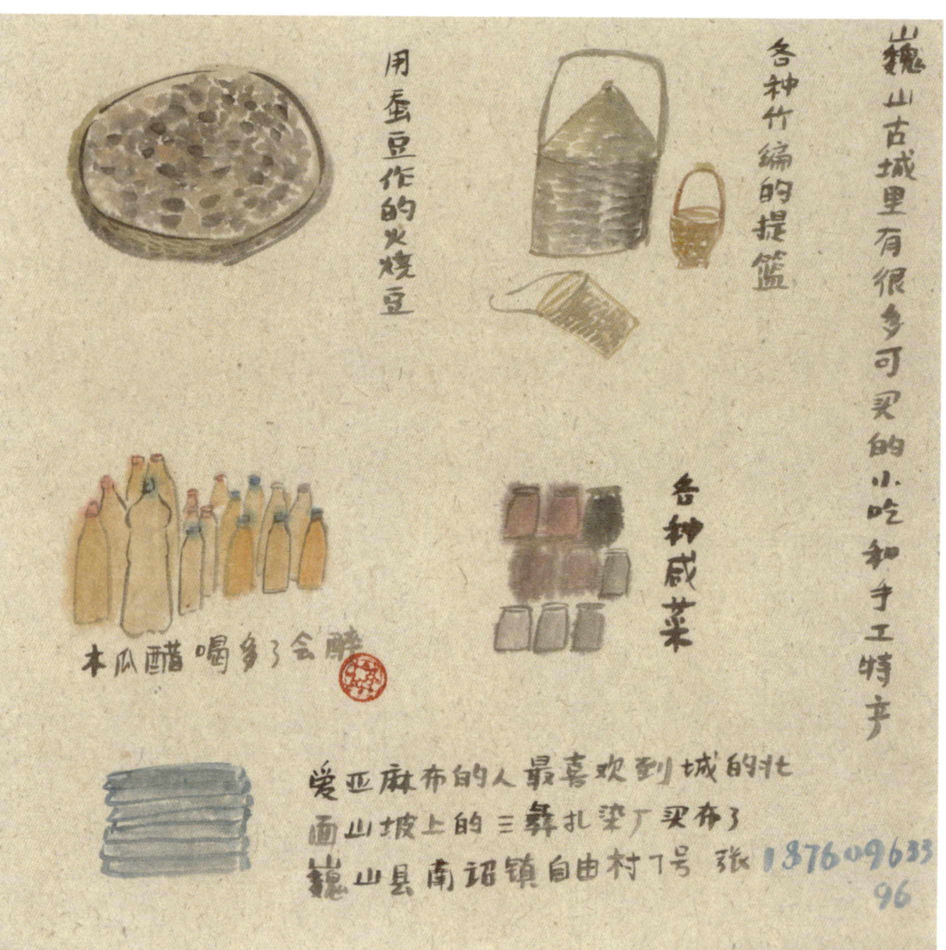

巍山县永建镇营尾上村 39 号马叔伟家，收集了很多往昔的生活用品。这是个回族村子，每家都安有喇叭，一到时辰就传来祈祷的声音。

巍宝山的长春洞是清康熙五十四年建，距今近三百年历史，有很多珍贵的壁画及大殿的藻井，都是道教历史的宝贵文物。主持肖遥道长在此已十四年，传授传统老架杨氏八十一式太极拳，院中有一棵老桂花树，最近又新种一棵菩提树，茶室无门无窗，夏似秋凉。哪天上山跟师父学太极。

巍宝山的长春洞是清康熙五十四年建，距今近三百年历史，有很多珍贵的壁画及大殿的藻井，都是道教历史的宝贵文物，主持肖遥道长在此已十四年，传授传统老架杨氏八十一式太极拳，院中有一老桂花树又新种菩提树，茶室无门天窗，夏似秋凉。

巍宝山访仙踪

寻找神仙都需要有人指路的。巍宝山我与友结伴去过两次，把山上的景点都看过也只是空过宝山了，直到囍旧书铺的老板莫柒告诉我他认识长春洞的肖遥道长，我们就五人结伴出发了。从大理古城开车走去巍山古城的路，过了巍山再往前不远就是巍宝山了，盘山路上还有骑自行车的青年人，真是佩服！山门口有个巨大的太极图，我们仔细看了石刻的地图找到长春洞的位置，就顺石板山路往后山走，树木很多，树干上长满青苔的痕迹，整个山林都在盼望雨季的到来。走了一会儿，路上都没有见路标，以为走错了，就打电话给肖道长，没错！没错！一直往下走就到了！电话里他的声音满是朝气和热情。初次见肖遥道长感到并不陌生，他正带着昆明来的学者介绍长春洞的历史，建于清康熙五十四年的长春洞，由贵州道人李法纪、杨发荫建，肖遥道长在鸡足山修行多年又去终南山和青城山参访，二〇〇〇年开始在长春洞当主持。隐在山林里的道观从外观看就是个八卦图形，幸运的是长春洞没有遭到破坏，更稀有难得的是供奉玉皇大帝的大殿里有龙的藻井和近三百年的壁画，在艺术和文化上都有极高的研究价值！到处都是古代留给我们的信息。我们坐下喝道长的友送

的叫自然成的茶，道长的茶室就在厢房的过厅，前后都没门没窗地敞开着，过堂风吹过并不感觉夏季热的，这里似秋凉。他的朋友来了带着很多吃的，坐下打牌烧柴做饭好像到家样的自在，院子种着棵年纪很大的桂花树，还有棵刚种不久的菩提树，有小白兔在植物里穿梭。道长是宾川人，少年时在大理古城一中上学，爱写诗，院子里有棵蝴蝶戏珠的花开了，他拍了好多照片；下雪的景美，他也拍了很多山中雪景，他有微信写博客朋友众多，是个在山中修行但没与世界失去联系的道长，所以很亲切。有个青年来玩，走到这里就留下了，跟道长学太极拳有一年了，随肖遥道长学老庄之道，习古仙真修真之妙，续古老养生之根，道长传授传统老架杨氏八十一式太极拳，他是个注重个体生命亲历实修体验对自己真实的修行人，与他在一起没有什么概念，他过得自由自在。我们喝茶拍照还睡了午觉吃了两顿饭，才望着夕阳美云下山，大殿里高悬着两个字——明天，也挺有意境的。明天我在哪？明天我也许该上山跟道长学太极拳，我们为明天准备了什么？道长在山中教有缘的人，你想去学吗？穿一身白衣服，赤脚在古砖上，在太极拳的节奏里打出心中的一片清凉与平和，有仙风道骨地存在对大家至少在心里和精神上都是个安慰。

谁家门口有条船？这是豆角家的风景。他们很享受劳作的过程，几乎自己当了木工，院子里的芦荟长着长长的茎开着花，喝着豆角泡的茶望着窗外的风景好像没有烦恼似的。豆角的女儿叫豌豆，所以他们就叫豌豆客栈了。

0872-2691598

谁家门口有条船？这是
豆家的风景，他
们很享受劳作的
过程，几乎自己当
了木工，飘豆
客栈

这里的人跟植物都是好朋友，石头堆的围墙上种着防贼的仙人掌，仙人掌上面还开着黄色的花。会看见有婆婆在卖仙人果。来大理住的移民越来越多，大理古城越来越新，玩的人倒老旧了，长着仙人掌的石头墙不会只有我一个人在欣赏吧。

这里的人跟植物都是好朋友，石头堆的围墙上种着防贼的仙人掌，仙人掌上面还开着黄色的花，然后会看见有婆婆在卖仙人果，来大理住的移民越来越多，整个城市各个角落都能听到刺耳的装修声，大理古城越来越新，玩的人倒老旧了，长着仙人掌的石头墙也许只有我一个人欣赏了。

她对咖啡作了解，告诉我保山怒江坝子的云南小粒咖啡质量最好。阳光雨水充足就会结圆豆，次则结成平豆，

有的人的一天从一杯茶开始，有的人的一天从一杯苦咖啡开始……

小贱如猫，半睡半醒，最喜欢的事儿是看书，最高兴的状态是：不要和我说话！

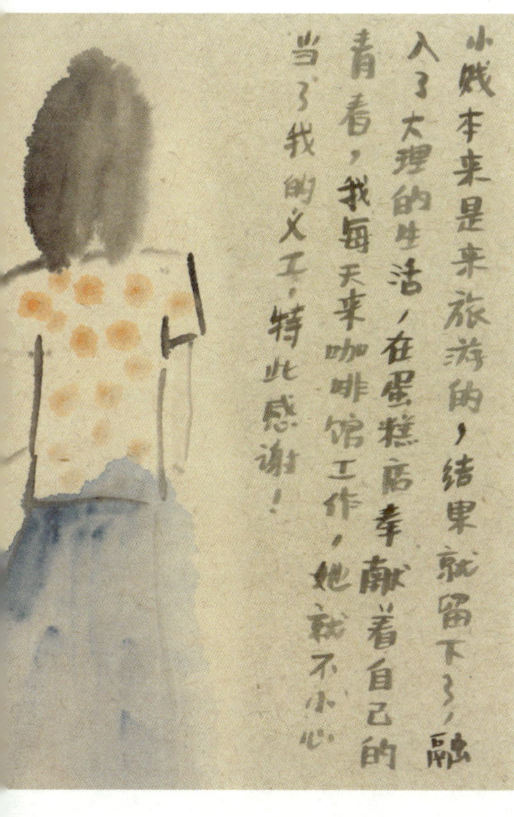

小贱本来是来旅游的，结果就留下了，融入了大理的生活，在蛋糕店奉献着自己的青春。我每天来咖啡馆工作，她就不小心当了我的义工，特此感谢！她对咖啡很了解，告诉我保山怒江坝产的云南小粒咖啡质量最好。阳光雨水充足就会结圆豆，次则结成平豆，有的人的一天从一杯茶开始，有的人的一天从一杯苦咖啡开始……

小贱如猫，半睡半醒，最喜欢的事儿是看书，最高兴的状态是：不要和我说话！

伴随着太阳的升起，很多妇女将田野里种出的青菜挑到小菜市场去卖，她们会在水边把菜洗干净，还会用一瓶清水淋洒在上面保持青翠欲滴的效果。

陪伴

随着太阳的升起，很多妇女将田野里种出的青菜挑到小菜市场去卖，她们会在水边把菜洗干净，还会用一瓶清水淋洒在上面保持青脆欲滴的效果。

三言两笔爱生活，八元五角过日子。

人民路上好多东西都是批发来的，彬子的包是他自己一个人一针一线缝出来的。

大理下午茶。清凉山产的磨锅茶、桔子瓣软糖、爆米花，随时可搬动的方形竹编茶桌已经足够的美好了。

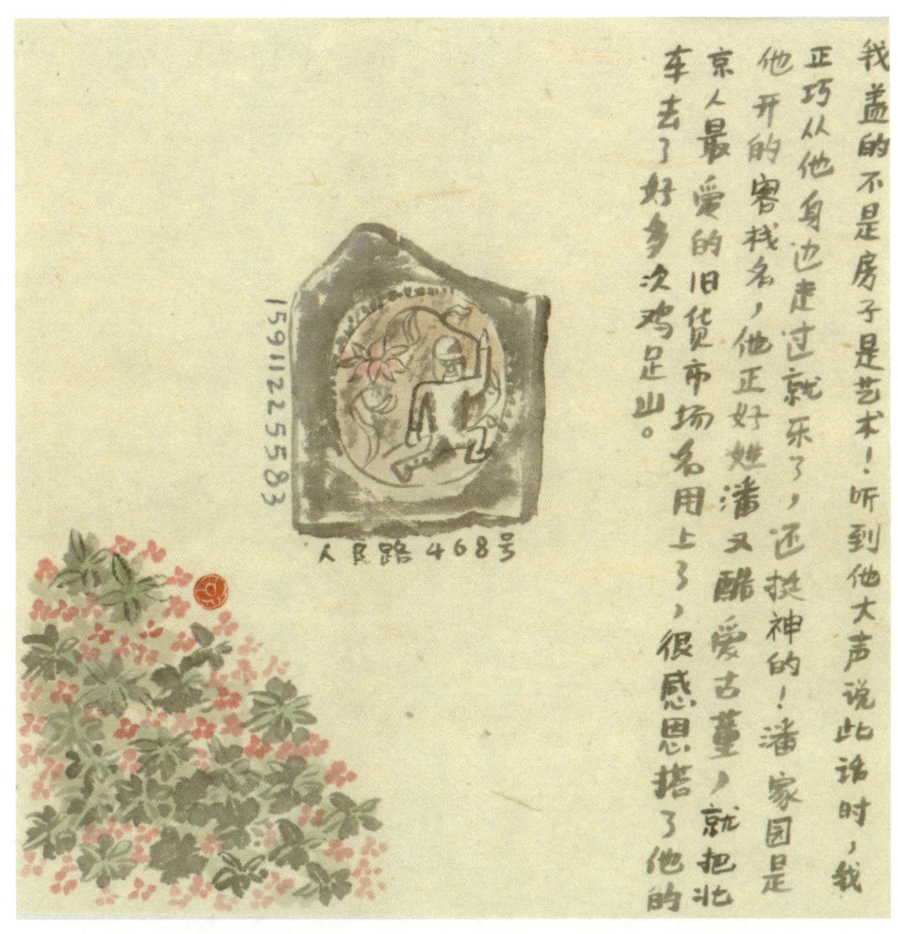

我盖的不是房子是艺术！听到他大声说此话时，我正巧从他身边走过就乐了，还挺神的！潘家园是他开的客栈名，他也正好姓潘又酷爱古董，就把北京人最爱的旧货市场名用上了，很感恩搭了他的车去了好多次鸡足山。

人民路 468 号　老 潘 15911225583

老潘送了一车花给鸡足山放光寺的下院恒阳庵，种在了寺院周围的大地上，师父们都很欢喜，觉得花开出的光芒就是在表法，随喜他佛前供花。

潘家园的撑门人老潘送了一车花给华首放光寺的下院恒阳庵，种在了寺院周围的大地上，师父们都很欢喜，觉得花开出的光芒就是在表法，随喜他佛前供花赞叹花们落户鸡足山生根发芽花开证果。

鸡足山放光寺见一眼熟的出家人，以前在大理玩的，玩够了机缘时辰到了就出家了。

猴出没请注意！每次从鸡足山往下来的时候都能看到一排乞食的猴子，还有母猴抱着小猴！我们就把金利西点的面包给它们，这可是天然无添加剂的食品啊。

跟着老潘去大理周边的村子里淘宝

他工地发出的噪声把我早早地从房间里赶出来去咖啡馆工作，所以每次见他不是抱怨土太大把我的花叶子上都蒙上了灰就是吵得连个午睡的地方都没有，其实心里我是感谢他的，要不我这个拖拉派不知道要晃到哪天去了。有时他也来咖啡馆喝杯咖啡，他妹夫来大理时他问我要不要一起去松桂，我都没听说过这个地名，就跟着去了，反正我是个爱坐车的人。一路田野白云看过去就到了鹤庆县的松桂镇，原来是找老木头件！过去人们的生活生产必需品都被集中在这里，变成了现在人的生活情调装饰品，老潘以前在丽江开客栈和家具工厂，所以知道这些货在哪能找到，长木槽子以前是马吃草的碗啊！现在是种花草的好器物了。好多农耕用的工具变成了酒吧里的装饰，舂米的木槽子和陶罐都吸引了我，刚看完断舍离，我打算什么也不买，看着他装了满满一车老木头，挥手和年轻的还会写诗的老板告别，在天都黑了的时候开回大理古城。

又一个周末他问去不去巍山？去！跟着他准能看到有意思的东西，车上坐满他的朋友，安南和娜娜还有我。到了巍山的各个古董店把喜欢的都摸了一下，看了两眼，手上都是土，我对一根长寿面、各种竹编的篮子和木瓜醋比较感兴趣，这里还保留着两块一杯的茶馆，整个城安详得像太阳下的老人，喝了太多的木瓜醋我有些醉了，就问他们什么时候回去，回去？好地方还没去呢！在看过长着烟苗的田野，路过一个好听的村名石头上刻着：小东莲花。这里不还有个道观吗，

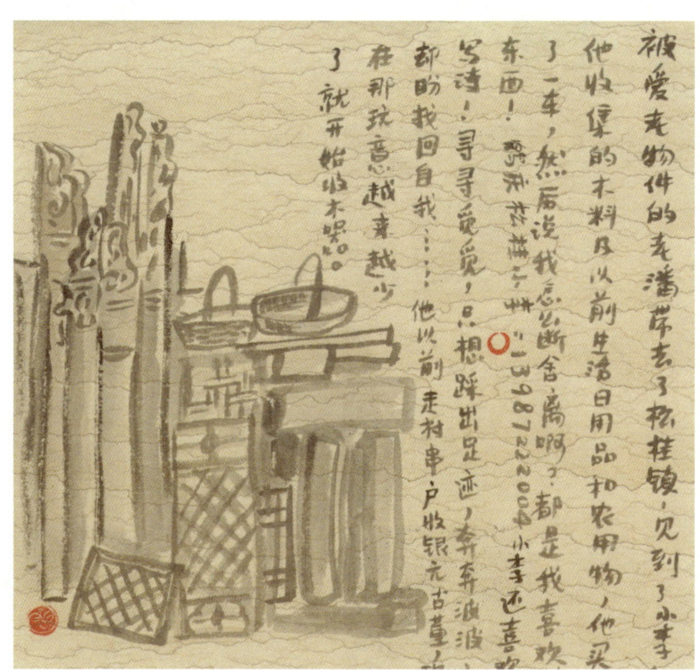

谢谢你啊老潘，你分享了一个旧木的世界给大家！我们又找回了一些心里放不下的爱。

名字刚听别人提起过，再往前的村子里一户门口堆着好多木头，就是这了！没人带着真难找啊，满院子的宝贝，大家散开分头寻宝，娜娜找到两扇雕刻了诗的木门，安南找选了个石头窝窝，我先喝茶吃女主人给的桔子瓣糖果看院子里的珍珠鸡跳到木匠的凳子上找食，翻看薄纸上写的地契，夕阳的光亮照在老物件上，觉得一切都是温暖的。木头的生命是可以召唤人的，我静静地转了一圈，选了一个大木盘，可以装花或果实，一个陶盒，可以种花，我给自己轻轻地找着购物的理由。店主很晚才回，他在车上被小偷偷了钱，又找回来一部分。我们回到古城的路又黑了，山影里的城市灯火像撒了一袋子的珠宝在发光，认识一个人就是了解一个新世界。

09 六月

杜哥请的木瓜酒。

12 六月

就让我们在咖啡馆醒来吧！出去一下下，回来竟收到了放在画旁的一束鲜花！感谢生活每天活在精细里！

19 六月

诺邓青旅

在云起

马有草吃，人有书看。

17 六月

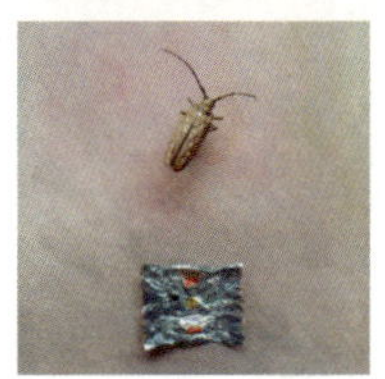

我的作品

24 六月

海舌公园是免票的

25 六月

买得鲜花去做客

28 六月

晨起

今天我的作品，逍遥木青。

29 六月

这花在大理叫十三太保，每枝都开出十三朵花。

30 六月

金圭寺村，第四代做羊毛毡的人。

花甸坝

远离人间的花甸坝不仅有中药还有蜂蜜，还有九年前我和Boas一起来时我在农场院子里的门和窗框上画的中药图谱，还没褪色呢。牧场的景色让人充满童话的想象力，如果飞碟要降落地球一定会选在这里。厂长办公室里还挂着当年周恩来亲自签名的奖状，历史在这里完好地保存着。 杨场长 13987240265

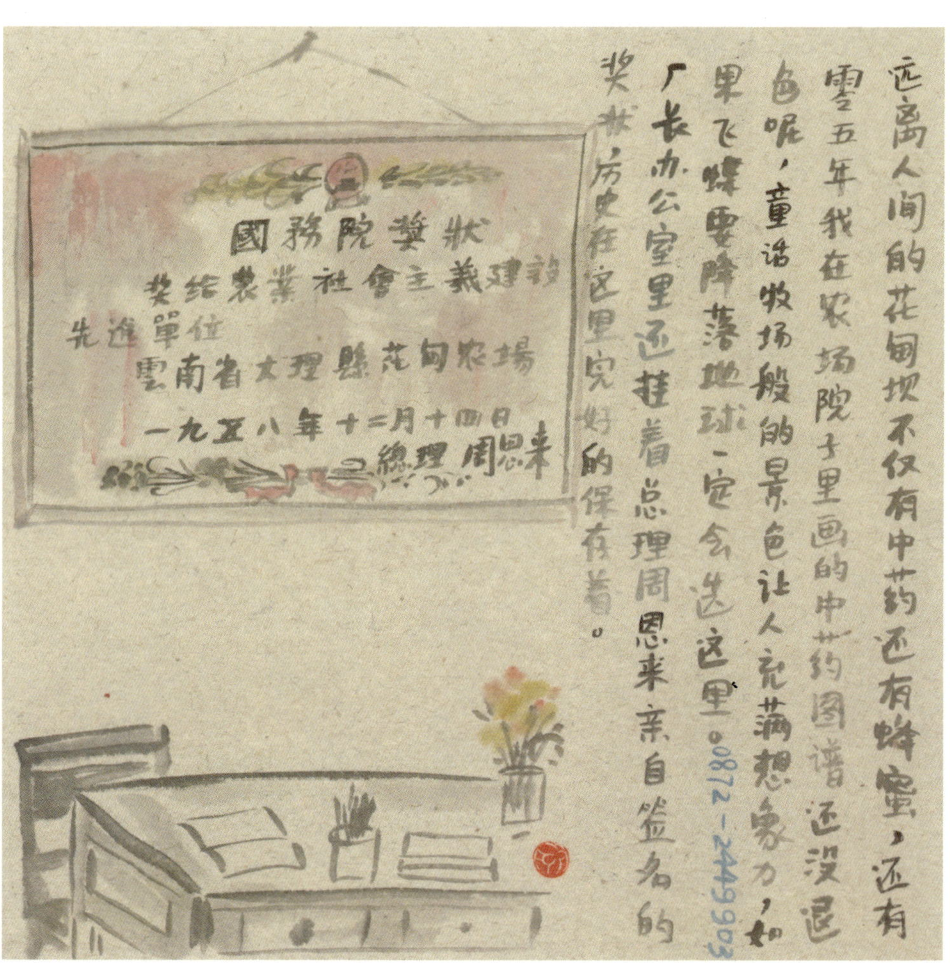

益恒饭店

一进门老板竟说：你有五年没回来了！他记得真清楚！我们常来他们家吃苦荞饼乳扇、金雀花蛋饼和老奶洋芋……益恒饭店是当地人请客吃饭的地方，老板姓黄。大理蔬菜繁多一般都看菜点菜。玉洱路果子园路口 388 号。

鲜花酿酒

朋友来了有好酒。常来买这里的桑葚和玫瑰桂圆酒，可以快递呢，鹤庆家酒，我们把喝酒叫活血。人民路 139 号 18312154070

生活就是一把菜，今天不吃明天就坏，一把青菜两把鲜花，大理小日子。

大家都问我竹园去哪了,他还在并且结婚了!娶了会作甜品的杭州姑娘小米,她做的糖果也生动美丽,常能看见 king 叔骑电动车带着她还有她们家的猫,新竹园有客房。

护国路五号　阿 king 13608824466

大家都问我竹园去哪了，他还在，并且结婚了！娶了会作甜品的杭州姑娘小米，她做的糖果也生动美丽，常能看见不言叔骑电动车带着她还有她们家的猫，新竹园有客房，在护国路五号。阿不言

13608824466

大菜市场能遇到生活中需要的一切，场面宏大燃烧着人们热爱生活的热情，永远都能发现还没来得及品尝的野菜和不知名的食物。

大菜市场能遇到生活中需要的一切，场面宏大燃烧着人们热爱生活的热情，永远都能发现还没来得及品尝的野菜和不知名的食物。

你能赶上哪朵花开

大理每家客栈都是有主题的，这要看主人的兴趣在哪里。有仙美地，光看这个名字就够美的了，女主人狮子是南京人，以前在香格里拉开过户外店，对那里的山谷都很熟悉，那段生活在一本叫《香格里拉的闲云和大树》的书里有记录，还收有她去参加友朋的婚礼拍的照片。我是去年走进她的院子的，朋友马以从北京搬来大理住先找房子，带着孩子就住的她家的客栈。狮子的小男孩4岁叫小星星，吸引了好多带孩子来大理玩的家庭住在这里，当然也包括我们，她的外墙是请画家朋友松子的爸爸田震琼画的埃及壁画上的图案，狮子说当时很多路过的大人小孩都喜欢帮着填色，其中一个孩子连着来了

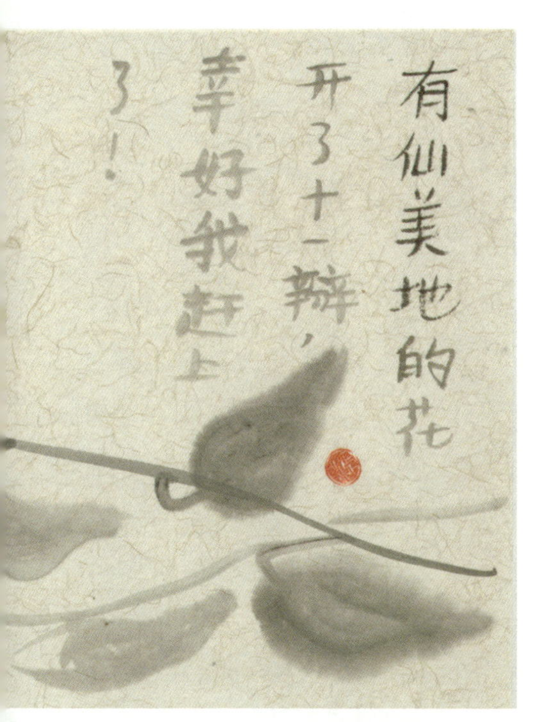

三天帮忙，高兴极了。因为狮子喜欢户外，几年前她就和朋友一起转过梅里雪山！现在她常和其他家长们组织带着孩子去虎跳峡徒步去玫瑰园采花去樱桃园摘樱桃去爬鸡足山去游泳去野外露营等各种好玩的事。到了假期她们家会住满了参加户外夏令营的大人孩子，大家在厨房做饭在客厅聚餐，走过路过的人还以为这是家餐馆呢！我住在这时就赶上过集体包饺子，乐乐带妈妈来也住这，庆庆和五龙来也住这，我的友来大理我都推荐了这里。她家还有一只叫范小安的猫，现在都长大了上屋顶了。狮子的花种得很好，院子里跟百草园一样，其中一种没见过的花打开十一个花瓣时正好被我赶上，我从楼上拿了画笔和宣纸画了下来。我住在这里时完成了给汪曾祺的书《独酌》和《独坐》两本书的插图，为了表达我对狮子的感谢，给她画了名为《早！狮子！》的油画，是每天躺在有仙美地的床上睁开眼看到的第一个景象。窗帘还没打开时阳光在窗外照着正开的一盆花仙客来，成仙需要美地，我就是喝了她给我泡的一大杯金银花水开的窍，退掉了床单厂里的艺术家工作室开始在咖啡馆工作的，后来证明我的决定是对的，因为我遇到了你，你们。大理古城人民路 543 号 洱海门向西 50 米

0872-2514569 18987226639

这只猫可不是一般的猫，它有一个人的名字叫：饭小安，这个名还是继承另一只猫的呢。它住在“有仙美地”的客厅里，你去时一定能见到它的优雅身材呢，女主人狮子一定会爬上屋顶采好多正开的金银花给你泡一大杯！

去才村码头的路上，左边有一片特别美丽的花园——香草园，是来大理很多年的许太太和先生奉献给这片土地的一个祝福，很多薰衣草、迷迭香、柠檬草、各色绣球、石竹、雏菊、玫瑰、月季、蔷薇、鸢尾……就像坐在天堂的桌边，喝香草茶吃面包，茶里面有薰衣草的花粒儿呢！

信普盛农庄

紧邻隐仙溪的信普盛农庄里有大片的茶园，黄先生和黄太太在这里过着日出而作日落而息的生活，采茶时节到了他会请双阳村子里的老妈妈来帮忙，她们都六十多岁，黄先生也七十多岁了，她们采茶杀青制茶饼……黄太太来采茶时还背了个录音机，里面放出很多台湾老歌。她说我什么都不会只会让自己快乐！能让自

己快乐已经是很不容易的了。女儿也第一次采了茶，茶树间还发现了一个有小鸟的鸟窝呢！黄先生很热情，住在山上还可以看日出听黄先生讲他的故事呢。

黄先生 13608823722

紧邻隐仙溪的信普盛农庄里有大片的茶园，黄先生和黄太太在这里过着日出而作日落而息的生活，采茶时节到了他会请双阳村子里的老妈妈来帮忙，她们都六十多岁黄先生也七十多岁了她们采茶杀青制茶淌……黄太太来采茶时还背了个录音机里面放出很多台湾老歌她说我什么都不会只会让自己快乐！能让自己快乐已经是很不容易的了。女儿也第一次采了茶，茶树间还发现了一个有小鸟的鸟窝呢！黄先生很热情住在山上还可以看日出听黄先生讲他的故事呢。

13608823722

每个村子都有棵大青树，以前人们要在这个地方定居就先种一棵树，如果这棵树活了，就说明这个地方的水可以吃，人们就围着这棵树定居下来，每逢初一、十五大家都在树下烧香，因为这棵树代表了这个村庄的风水，护佑着这里的人民生活。

每个村子都有棵大青树，以前人们要在这个地方定居就先种一棵树，如果这棵树活了，就说明这地方的水可以吃，人们就围着这棵树定居下来，每逢初一、十五大家都在树下烧香，因为这棵树代表了这个村庄的风水，护佑着这里的人民生活。

幸福茶餐店

一个看书喝茶吃面的好地方，一个最是大理味道的去处。人民路中段九十五号，木门客栈院内。近午开门。

幸福茶餐店，一个看书喝茶吃面的好
地方，一个最是大理味道的去处。人民路
中段九十五号，本门客栈院内。近年开门。

大地上长满了绿色的味道，挖野菜的人随处可见。薄荷下来的时候洗一下就着酸辣的蘸水吃，清凉得如同要变身成口香糖。

大地上长满了绿色的味道

去无为寺找师父喝杯茶

无为寺在并不高的山腰里藏着，去寺里找师父喝杯茶还是要有缘分的。净空师父日日坐山中等人喝茶，他的茶桌以前就在大殿的树下，后来书房盖起来后就在书房里了。他的茶桌长长的，每次去都坐满了人，有的从很远的地方来拜访的弟子，有的就是山下村子里的乡亲，有的是住在古城的徒弟，师父的茶很好喝因为师父会做茶！多年前喝过师父用竹叶煮的茶记忆犹新，茶是精神的记忆，不会忘。师父耐心地听着每个人的烦恼并开解着，泡茶的外国女子也是师父的弟子，在大理学院上学，父亲是拍电影的导演，我每次上山几乎都能遇到她安静地为大家泡茶。果盘里摆着从供桌上撤下来的各种水果，我的女儿最喜欢这里了，每次都能吃到糖果，她还看见过师父在拿斗大的毛笔在画案上写字的时候，两只松鼠从门口进来，跳到茶桌上在排成一溜的果盘前蹲在那大吃大喝的样子，师父说她就是寺庙里的大松鼠。救疫泉的水是去寺里的人必带回的，甘甜清凉，在寺里的大开心师父就负责全寺的开水，厨房里的兴德师父做饭可是高手，每桌几盘素菜只用盐和草果就做得很好吃，习武归来的徒弟们无声地吃饭，只有吃好后在起身离开时会去每一桌与人道别时合掌说阿弥陀佛！客人吃完饭又去师父那喝茶了，会留下很多的碗碟在大盆里，行空法师和刘年居士就会在那仔仔细细地洗干净再去休息。

喝茶去！只有把心空成一只杯子才能知道茶滋味，只有无我才能慈悲为天下人服务，只有死后才晓生的乐，谁又参出禅的味道了呢，

刘年师兄在打水

道理懂了做起来难于上青天，世间的事只有在心里过了又放下才能平静。喝杯净空师父的茶后觉得世界也可以放一边了，走下山来在古城里依旧过着尘缘未了的日子，用根毛笔渡我的书的汪洋吧，下次可以相约一起找师父喝杯茶。

无为寺不远，就在鸟鸣花开的树林里。

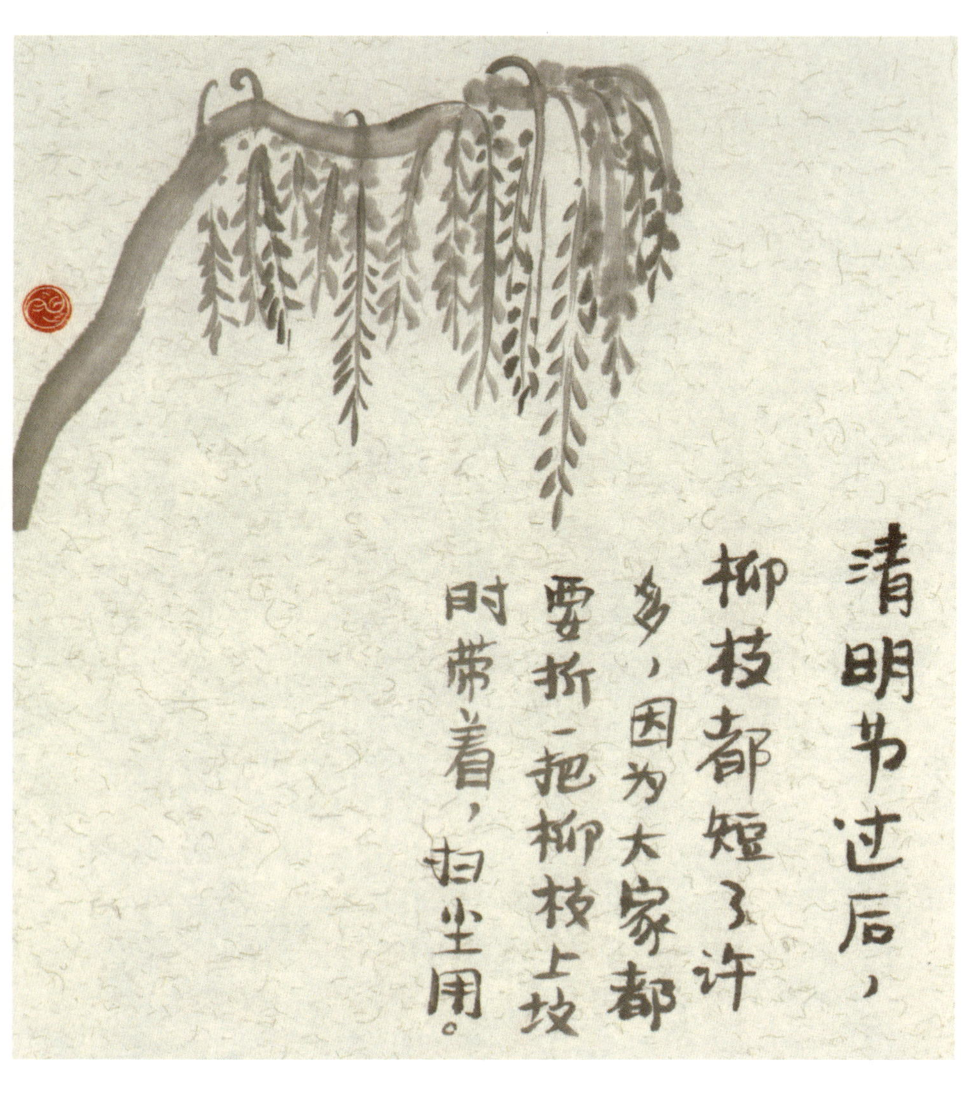

清明节过后，柳枝都短了许多，因为大家都要折一把柳枝上坟时带着，扫尘用。

诺邓的吉祥都在燕子的翅膀上

搭乘宇宙航线去诺邓集合，很想去诺邓买坨盐，结果乘上了拍片的史立红的车随着茶马古道长歌行的音乐大部队来到诺邓，本来要去住山上最高处的一棵树客栈，走到半途看见青旅也不错就歇下了。

买两坨盐，这盐是从古井里打出的卤水，在大柴锅里煮很长时间，水熬没了成盐末，压在模子里做成的。锅底会有盐的结晶叫盐锅巴，给我们的卖盐人说可以治扁桃体发炎。这里从清代开始就从事此业了，老房子很多，基本上保持原样，燕子在头顶飞来飞去，“不要说话！燕子回来了！”小叶子在门口观察着燕子们的动向，当我们爬到一棵树的空地找到大部队时，他们已经开始了演出与拍摄。王啸和其他音乐人在即兴演出，一直和张扬他们在拍，我们是幸运的观众，站着或坐着看。有放学的孩子和运东西的驴偶尔穿场，孩子爬到大树上去高兴的笑。雨又下起来，我们预约了中药泡脚，把脚放进在柴锅里熬了近两个小时的烫水里，眼前是山长满了树，同泡的友讲起去过的山里有修炼成仙的道姑。天快黑了我们收脚去吃饭，院子里有树有花有一桌子好吃的，打鼓的牧羊刚吃完，我问你还记得我吗？你的第一张专辑发行时我买了草莓，那时我还在美校上班，王小京还有你那时的朋友，那是哪年？一九九三年。他记忆力真好，我已经好多都忆不起来了。

云龙县诺邓镇诺邓村 195 号 卖盐人 15125268956

就着馅饼吃夕阳

去年，到大纸房村听人讲在大理作的各种神梦时就看过一眼他们家墙的色彩，自然土红色觉得很高级，像中东土耳其能带给我想象力的地方。梁越知道我在大理就把他的友王丹介绍给我了，高人都是隐于山林的，他们家就在一塔附近的山脚下，古城的人都去他们村打水，从山里流出来的泉。在村头的桉树林边上，神话般地住着互称师父的他俩和有职责的三只负责门铃护卫接待的狗狗。我女儿特喜欢去她们家，女主人王丹聊着天会不动声色地就把饭做好了，第一次去是吃馅里拌了酒的馄饨，这次是吃馅饼，中间我们还错过了好多次

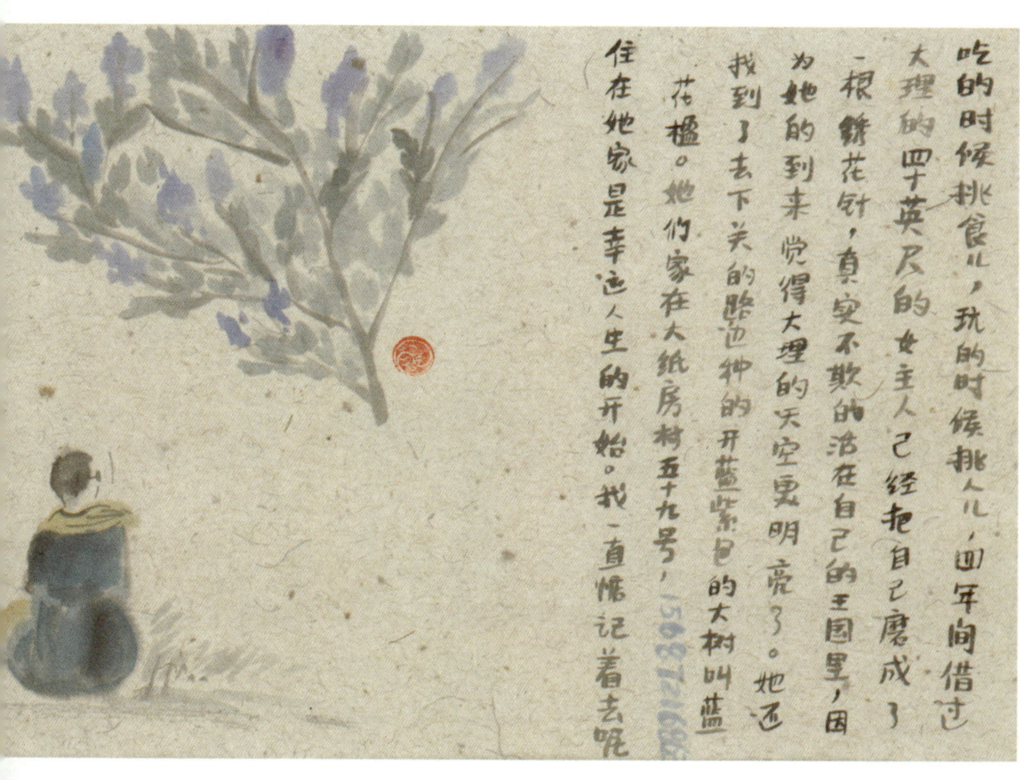

美食聚会。在露台黄昏时吃着她做的各种觉得是把苍山的云霞也一起吃了，向下看院子里长满了她的树木花草，木栏外的树林里不时能看到鸟从天上慢飘下来的一根羽毛。

结婚二十三年，四年前离开城市来大理盖一栋自己设计的房子，布置停当接待友朋，“我们是在这里和大家告别，”她踏实地过着日子，成为大理新文化的人文地标。 15687216863

作个天真有鞋的人。买双布鞋踩在温柔的在呼吸的大地上，换一条长裙帮着清洁工再拖拖地，顶一个草帽戴一副墨镜再涂一遍防晒霜，每个人到了大理都开始换行头，准备重打鼓另开人生新一章。

作个天真有鞋的人，买双布鞋踩在温柔的在呼吸的大地上，换一条长裙帮着清洁工再拖拖地，顶一个草帽戴一副墨镜再涂一遍防晒霜，每个人到了大理都开始换行头准备重打鼓另开人生新一章。

小时候爱吃的话梅原来全晒在大理的天空下！梅子的品种不下于几十种，还有雕刻过的再腌制的叫雕梅，梅子酿的酒也好喝，腌制出来切成片的木瓜也别有味道。成都来的珠子为了给我当模特专门站在那买梅子。

小时候爱吃的话梅原来全晒在大理的天空下！梅子的品种不下几十种，还有雕刻过的再腌制的叫雕梅，梅子酿的酒也好喝，切成片的木瓜也别有味道。

五月五日立夏，终于见到人们打着伞走在路上，干旱多年的云南啊也许该考虑减缓大面积建造房屋，保护大理的田园风光。从每个人减少自己的欲望开始。雨停了，云从山中升起，让我想念不在身边的上云。

伸入海中的 1969 酒吧，白天的时候没人，晚上八点到十一点有音乐演出，水边临窗有风有小孩在岸边玩水，有船在不远处在划动。才村码头 2 路车站右转再左转。0872-2690619

我坐在窗前看人来人往，每个吸引我的人都会成为我的模特，每件我感兴趣的事都会落在我的笔下，大理，这里的人文多样性是任何一个地方不能代替的。

这就是我，在等你来买我的
故事书。

修伞的在叶榆路上，他有好多伞要修呢！

修伞的在叶熵路上，他有好多伞要修呢！

在青索桥上等会儿诸葛亮

在金利咖啡馆的桌子上画画久了，大家都把我当成家里人，连吃饭一事都有了着落。一天金利要回江尾老家给孩子的奶奶过世三年上坟，把我也带上了，因为我几乎就没去上过坟，多种原因反正没去过。先去本主庙吃饭，家里有什么事一般都带着鸡鱼肉菜和柴火去本主庙搭锅做饭，全家聚在一起吃饭，有的还叫上朋友，把做好的饭菜一碗一碗很漂亮地盛好先供庙里的神。这个神每个村都不一样，这里的叫吕凯，传说天神要把变坏的人类拿药毒死，他知道了就把药全吃了，死在了现在的山上，在他死的地方建了这个本主庙，因为他曾救过这一代的百姓，大家就供奉他，每个本主庙都是神话故事的解读处。饭后就去上坟，是在山坡上的公墓，村子里的人去世后都葬在这里，好多都是活到八九十岁勤劳一生的人。先把准备好的饭菜放在墓碑前，大家跪下，有村子里最会念经的婆婆代表大家先向奶奶问安再祈求祝福现在的生活，然后又去别的家族成员的墓前祭祀祈福，都礼拜完在树荫下把带来的大西瓜吃了。下山去村子里的老家，金利和老三都在古城工作很少回来，打开院门，三棵大梨树护佑着一个老院子，充满时光的味道，厨房的屋顶投下的光在布满灰尘的用具上试探勾画着，空落的牛棚里可以养匹马骑。我开始带着幻想四处看看，金利从井里打水上来浇花冲院子，梨子结了很多，把枝子都压弯了，这里有当年金利刚嫁过来的新房，这么多年过去了还能看到当时的痕迹。村子里的邻居和老三的兄弟都盖了新的水泥别墅式样的房子,这种木结构的老房子倒成古董了。我去村子里走走,地上有大片深紫色的痕迹,抬头看一定是棵桑葚树!成熟的果子掉在地上把地都染了。桥在弥苴河上,有人在桥下洗衣服,走近才知道是诸葛亮南征到此过河没桥,就用绳子和泥结成索过的河,桥边有石碑刻着:明代成化二十三年(公元 1487 年)在此建青索桥,亦称天衢桥。是洱海上游至今保存最完好的一座石拱古桥,青索村因青索桥得名。弥苴河从洱源县南下,经青河村后注入洱海,是洱海的主要源头之一。黄昏近了,村子里的老人坐在桥上乘凉,我也在桥上站着,希望走过来的人中有诸葛亮摇着他的孔明扇给我指点下人生,桥上的石雕狮子都在岁月里模糊了,这里也许是唯一能触摸到古代的地方吧。

青索村还有一年一度最隆重的节日就是海灯会,在每年农历的七月十五,村民都聚集到青索桥周围及弥苴河两岸,在桥上悬挂着彩纸做的祭祀用品,老人在此诵经、焚香,祈祷;傍晚,点燃一盏盏的海灯,放入弥苴河中,顺流而下,去往心愿之地。我这么喜欢着古代,也许我就是从古代来的迷路者。

家有良田三五亩，老树下面看史书，这就是老三告别的村庄生活。他的村子叫青索村，他来古城先干装修后做旅游，一张黄秋生的脸博得大家喜爱，又懂大理的风土人情典故，所以生意很好，好到缺觉。

土著导游 老三 13150644852

家有良田三五亩，老树下面看史书，这就是老三告别的村庄生活，他的村子叫青索村，因为有个青索桥，当年诸葛亮南征从这里过河，没桥就用绳索作桥，明代成化二十三年建成此石拱桥。老三来古城先干装修后做旅游，一张黄黝黝的脸使得大家喜爱，又懂大理的风土人情典故，所以生意很好，好到缺觉。土著导游老三·13130044852

找个地方躲起来

认识老朵是在成都的三圣花乡，她是我红砂村的邻居，住在荷塘的另一边，我一直忙着装修还没来得及去参观听说她弄了好久的家。有一天她的搭档小张被我的孩子领到我家的栅栏外，她和阿南正在外面玩，见到家里停水出来讨水洗脸刷牙的小张叔叔，我们就借水之缘去了朵朵家。她的庭院里长着棵巨大的缅桂树，歪趔着的树干孩子们很容易就爬在上面玩，下面被她修了个大沙坑，就此成了附近孩子们的聚点，加上他们家的就好几个了。屋子里是她从全成都的旧家具市场淘来的东西，被她一布置每个角落都成了让人有想画画的冲动，我就拿着水彩来画她的花了，等到大家一起办的跳蚤大会开始时，我的画换成了一大套西班牙的漫画书和花衣服，没有看上换的东西的只好付钱了。没想到成都的日子告一段落又在大理的人民路上见到老朵了！她完全不像我对天秤座的理解，又在大院子村大兴土木花了七个月建了个朵家客栈，还是以往的风格，入画又实用，令我眼前一亮又该回家拿画笔了！

洱海门外春牛寺 3 号 18206959010

朵朵家的布置
总让人觉得是专门
画画的
给
摆
的好
静物。
洱海门外春牛寺3号 18206959010

我不戴手表，所以没有机会去找他修理停顿的时间，有个朋友找他修过表并顺便和他一起喝喝酒。他爱喝酒，我在超市里见过一次他买酒。他的门口堆满了他拾来的可燃烧物，有个小炉子做饭。有时他坐在屋子里抽水烟。

他看上去不是一个让人亲近的人，有时候你猜不透他在哪个时空里。有一天我站在门口，他走过来把我旁边贴的广告画粘平，那个角掉下来有两天了。

很多人都追求环保，我看他的生活本身就是用别人的垃圾提供了自己的生活。他也不要别人的衣服。

在农历六月二十五的黄昏出发吧！拿着火把出去狂欢，火把节到了，整个云南都燃烧着热情，古代的传说呀只有在这一天复活！最兴奋的就是孩子们了，盼着天黑举着火把照亮夜空，小心燃烧的松香撒向你，在狂欢节中不被烫伤也是一件幸运的事呢！我们去周城戏台那看大火把，真是很热闹印象深刻。

在农历六月廿五的黄昏出发吧！拿着火把出去狂欢，火把节到了，整个云南都燃烧着热情，古代的传说只有在这一天复活！最兴奋的就是孩子们了，盼着天黑，举着火把照亮夜空，小心燃烧的松香撒向你，在狂欢节中不被烫伤也是一件幸运的事呢！我们去周城戏台那看大火把，真是很热闹印象深刻。

可以徘徊的沙溪

十年前来过的地方，旧地重游。现在有很多有意思的人开的近四十家客栈，各具风格各有特色。云就在很近的山腰飘过，布谷鸟的叫声连着天，下雨了到处都湿漉漉的，河水虽有但不是当年可以玩漂流的水势了。

喜欢麦秋书吧，楼上有花，别人家的屋顶。透光的窗，从书架上拿本书，书名竟是《致一百年以后的你》。酸奶在厚玻璃杯里清凉着，

孩子们在楼下和主人的叫小树的孩子玩他的玩具，这儿是个让人安静的地方。

还没到沙溪风在梢就告诉我要住哪了，一树快熟的桃子长在马圈青旅的院子里，床位三十元。有两只大狗，一只叫罗喜一只叫玛丽，有大猫叫咪咪小猫叫豆豆，是陈陈告诉我的，老板菲菲姐听说我们是从大理过来的，还打了折。

我在寂静的沙溪安然走动。木鱼小吃店里吃份炒饭，当她们告诉我养的宠物羊名叫鸭蛋时，真觉得大地就是一本书，总会阅读到精彩的句子。这次来沙溪是安心和她先生开的大嘴佛素食西餐店有个美食盛会，小小的店里迷漫着美味，还有从各个地方赶来的朋友们，店里的布置很别致，烧水壶掏了底挂高处当灯罩用！当然也有大锅盖在当灯罩。孩子们撒开了自己玩耍，我在老院子里听雨，欣赏深宝蓝的夜空裁剪着黑树的剪影把屋顶也顺带着装饰了，把思绪的棉线拉到远处。以后可以来沙溪种花，这哪都好，就是没卖花的老太婆。

马圈青旅　沙溪四登街46号　　0872-47222299

好多人都想死在一个美好的地方，觉得梦可以终结了，只有木森办到了。

1969 —2010
台湾 大理

極樂
最神的人是见不到的，我住的书呆子二楼的房子贴
了一些画，上一个房客留下的，有一天我竟在蠹旧书
店看见了他其他的画作，成都人在豆瓣网上的名
字是财风神大家叫他MOMO。

那是我在春
天为你在大地
上写下的句子

如果你路
过这里看
见看见地
里长着向

后记

在去了水库东边的月溪村，拜过文昌君我的书就结束了，打点行装准备回京了，我们就象在书店认识的小白，在玫瑰园认识的东东，在咖啡馆认识的小雀一样离开了这座宽容之城，在这

大理小事情

里，我看见了你，你也望见了我，我们还一起去山中海边村子里玩过！一起吃过饭也作过饭，彼此都成了梦中的见证。

感恩大理诸神对我们的照顾。

谢谢云南帮我找到的这些铜章

2014.6.5

我来过
我玩过
我爱过

东子简历：

2006 年　《写给上帝的情书》湖南文艺出版社

2005 年　《在大理的星空下接吻》广西人民出版社
《在大理的星空下》台湾联经出版社

2004 年　《烟盒》中国青年出版社

2001 年　青花作品《活字拼诗》入选意大利芬泽国际陶艺竞赛展

2000 年　《艺术花园——作陶的法国女人》湖南美术出版社
后海开设“禅猫”店

1994 年　获法国国家奖学金

1988 年　毕业于北京市工艺美术学校

1967 年　生于北京

十年前的大理在王小方做的网站上 www.1feel.com/zencat
书中很多文都在 www.ayican.com 发表并获奖

dongzi707@163.com
北京通州宋庄辛店 192 号，欢迎沙发客。

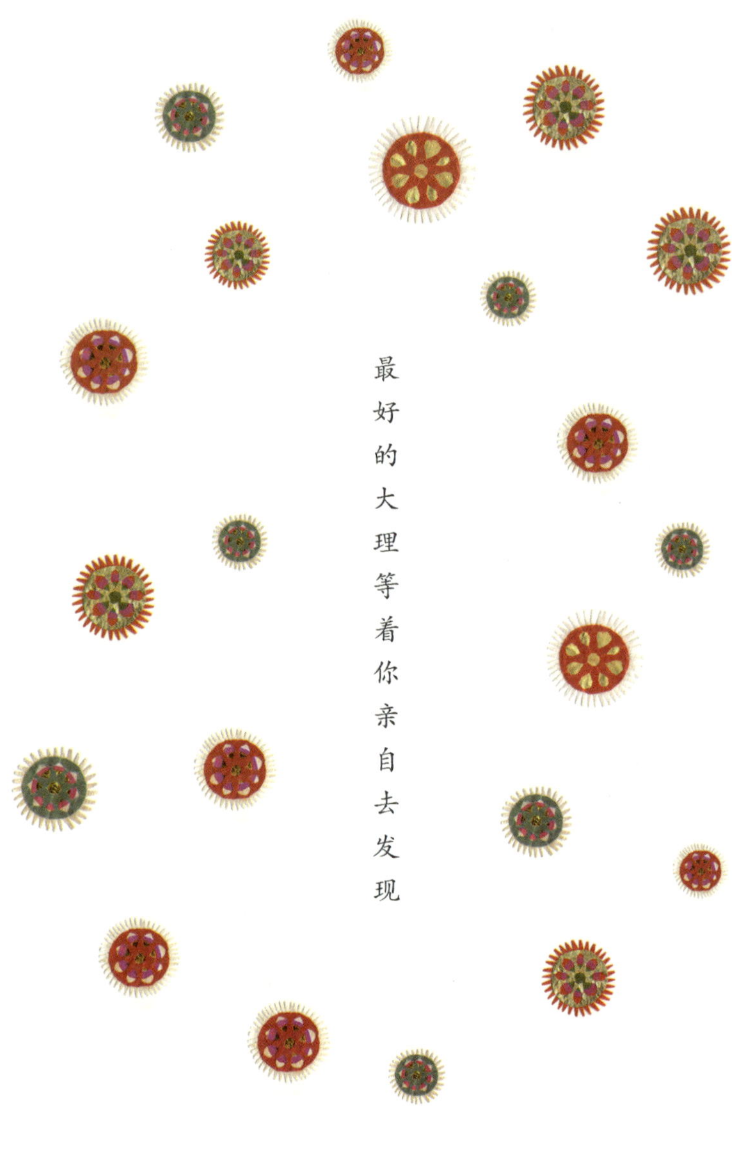

最好的大理等着你亲自去发现

图书再版编目（CIP）数据

大理小事 / 东子著 . —北京：中国青年出版社，
2014.10
ISBN 978-7-5153-2807-2
I. ①大… II. ①东… III. ①随笔—作品集—中国—
当代 IV. ① I267.1
中国版本图书馆 CIP 数字核字（2014）第 223537 号

责任编辑：申永霞
装帧设计：王旭（www.lazuli.com.cn）

中国青年出版社 出版 发行

社址：北京东四 12 条 21 号 邮政编码：100708
http://www.cyp.com.cn
编辑部电话：（010）57350501 门市部电话：（010）57350370
北京顺诚彩色印刷有限公司印刷 新华书店经销
880 × 1230 8 印张 90 千字
2014 年 11 月北京第一版 2014 年 12 月北京第 2 次印刷
印数：3001–7000 册 定价：38.00 元
本图书如有质量问题，请凭购书发票与质检部联系调换
联系电话：（010）57350337